JN254341

滝田務雄

Ponkotsu
tantei
no
meisuiri
Michio Takita

ポンコツ探偵の名推理

幻冬舎

ポンコツ探偵の名推理

装丁　鈴木久美
装画　北村 人

目次

ポンコツ探偵、吠える　5
ポンコツ探偵、食べる　65
ポンコツ探偵、捜す　125
ポンコツ探偵、出かける　175
ポンコツ探偵、語る　229
エピローグ　255

ポンコツ探偵、吠える

公園のベンチに腰をおろし、強く輝く夏の日差しを浴びながら、たった今、アルバイトをクビになったばかりの八房文次郎（やつふさもんじろう）はしみじみ考えた。

「さんさんと照る日差しと公園のベンチ。そして俺という存在」

プラスとマイナスを掛け算するとマイナスになるように、幸せな光景に自分が入るだけで、一転してすべてが物悲しくなる。そう、たとえば。

「お腹いっぱいおいしいものを食べている俺」

これは公園とのセット以上に悲しい。二つの悲劇的な展開が予想されるからだ。一つは無銭飲食で逮捕されるという展開である。もう一つは最後の晩餐というやつだ。なけなしの金で思い残すことなく飲み食いして、ロープを片手にどこかへ去ってゆくのである。

「輝かしい朝日の中、雄大な富士山を臨む俺」

まぶしい日の光から逃れるように、うつろな目をしながら背中を丸め、力なく足を引きずり、暗い樹海に向かって歩みを進める自分の姿が目に浮かぶ。

「波打ち際で、波と戯（たわむ）れる俺」

そして綺麗に脱ぎ揃えられた靴の横には、今生の別れを告げる手紙が入った封筒。

「一面の花畑の中で、飛び交う美しい蝶と戯れる俺」

誰もが目を閉じて、冥福を祈りつつ合掌することであろう。

「うわあ、いかん、これではいかん。どんどん気分が落ちこんでしまう」

それならばむしろ悲しい風景と自分を組み合わせてみたらどうであろうか。マイナスとマイナスを掛け合わせるとプラスになるのは数学の定理である。

「吹きすさぶ寒風の中、お腹ペコペコで冷たい雪の中に倒れている俺」

幸せな風景は似合わないが、孤独、貧困、絶望を思わせる風景なら今の彼に実によく似合う。そして当たり前のことだが気分が非常に落ちこむ。よく考えたらマイナスとマイマスの要因を用意しても、数式が掛け算になる保証などどこにもない。普通に負の数値が足し算になっただけである。

「いや、このままではいかん、本当にネガティブ思考から出られなくなってしまう」

八房は自分に気合を入れるべく、ベンチの上に立ちあがると、目を見開き、腕を振り上げて天を仰ぎ、裂帛（れっぱく）の気合をこめて、勇ましく雄叫びを上げた。

それからほどなくして、付近住民に不審な行為を通報され、八房文次郎は逮捕された。


「それで、留置場に入れられた八房氏は、どうしていますか」

「はあ、どうしたと言われましても」

凛としたスーツ姿の若い女からたずねられて、真面目そうな中年の警官は困惑した表情を見せた。

「部屋の隅にうずくまって『どうせ結果が同じなら、おいしいものをお腹いっぱい食い逃げするべきだったのかもしれない』と、ずっとつぶやき続けています」

「やれやれ、そんな調子じゃ久し振りに会うのに気が重いわね」

「あの人と、お知り合いなのですか」

「はい、八房氏は新人刑事時代の私の師匠みたいな人です。もっとも私は刑事をすぐにやめてしまったんで、指導を受けた時期は短かったですが」

女のその一言に、警官は驚いたように目を見開いた。

「本当ですか、にわかには信じられませんね」

「ええ、はっきり言って、あの人には今でも事件の捜査能力で敵(かな)う気がしません」

「有名な鍋島眞子(なべしままこ)さんが捜査能力で敵わないなんて、ますます信じられませんね。そもそも、あの人が元刑事だということが、まず信じがたいのに」

鍋島と呼ばれた若い女は思わず苦笑いした。

「あれから三年のブランク。能力が落ちていなければいいんですけど」

「どう考えても見る影もなく劣化していますよ、あの調子ではね」

警官はため息をつきながら鍋島に言った。


部屋の前に来た警官は、中で背を丸めている八房に声をかけた。

「八房文次郎さん、あなたの身元引受人が来ましたよ」

それを聞いた途端、部屋の隅にいた八房が跳ねるように立ちあがった。

「そ、それは本当か、麻子（あさこ）が来てくれたのか」

八房は鉄格子まで走りよると、鍋島の姿を確認してうなだれた。

「なんだ、鍋島くんだったのか、久し振りだな、はあ」

「ちょっと、私の顔を見た途端に、そんなこの世の終わりみたいな顔をして『なんだ』って一言はないんじゃないですか、先輩」

八房はすまなそうに鍋島に頭をさげると、悲しげにこう続けた。

「すまない、きみとの再会はうれしいよ。だが身元引受人と聞いて、俺は別居中の女房と娘が来てくれたかと思ったんだ」

「ええっ、奥さんと別れたんですか。あんなに家族仲が良かったのに」

「わ、別れてはいない。あくまで経済的な理由による一時的な別居だ、まちがえるな。定職についたら、きちんと迎えに行く約束をしている。ほ、本当だぞ」

必死になって強調する姿を見て、鍋島はかえって八房の家庭の危機的な背景を悟った。

「では娘さんは奥さんと一緒なんですね」

「ああ、来年には小学生になるよ。このままじゃ俺は娘にランドセルも買ってやれない。どうにか定職につこうとしているのだが、これがその、どうにも難しくてな」

「つまり先輩は無職なわけですね」

「そこをストレートに言わないでくれ。あれから三年間、こんな調子が続いている。どうやら俺は刑事以外の仕事に関しては、徹底的なダメ人間の能なしらしい。俺は虫だ、ゴミ虫だ、セミだ、クワガタだ、アメンボだ、オカメコオロギだ、オオスカシバだ、ゴマダラカミキリだ、マイマイカブリだ」

昆虫図鑑の目次を読み上げたようなことを言うと、八房はまた暗い目をしてうなだれてしまった。これは思っていたより重症のようだ。鍋島はため息をついた。

「きみはなんだか羽振りが良さそうだな。落ちていた財布でもネコババしたのか」

「先輩、変な冗談はやめてくださいよ」

憤慨したように鍋島は腰に手を当てた。

「いや冗談だ。しかし気になるじゃないか。あのとき刑事をやめさせられたのは、きみも同じだったはずなのに、きみの身に付けているものは、それなり以上の高級品だ」

八房にそう言われて、鍋島は笑顔でうなずいた。

「ええ、実はあのときから転職が上手くゆきまして」

「しかし、まともな転職先なんぞなかったはずだぞ。特にあのときの俺たちにはな」

過去のことを思いだしたのか、八房は少し厳しい顔をして腰に手を当てた。

「先輩、あのときのことに触れるのなら、少し待っていただけますか」

そして鍋島は横にいる警官のほうを見た。

「少し席を外してもらえますか。本当はこんなお願いをしてはいけないんですが、あなたのためでもあります。ここからの私達の会話は、聞かなかったことにしたほうがいいと思います」

鍋島の言葉に警官は無言でうなずいて席を外した。

「まったくわけがわからん。きみは何者になっているんだね」

少しだけ驚いたように八房は目を丸くした。

「部外者に警察官がとる態度じゃないぞ。まして過去にあのようなことがあり、刑事をやめさせられた人間が相手ならなおさらだ」

八房は少しだけ心配そうに声を落とした。

「まさかとは思うが、きみは裏の仕事でもしているんじゃないだろうな」

「裏と言えば裏かもしれませんけど、非合法ではありませんよ。どちらかというと正義の味方に属する仕事ですから」

鍋島は事情が把握できていない八房に笑いながら言った。

「私、今は名探偵なんですよ」

「め、名探偵だと、ううむ」

八房はそれだけ言うと、口を開けたまま元後輩の顔を見つめた。

「それはまたずいぶんと胡散臭い商売についたな」

「胡散臭いのは否定しません。今でも自分の身分には、リアリティがないとは思いますし」

鍋島は苦笑いしながら言った。

「そりゃあ、きみが探偵業で成功するのは不思議な話じゃない。お世辞抜きで、俺の指導してきた新人の中では一番優秀だった。そいつは俺が一番よくわかっている」

「ありがとうございます、先輩」

鍋島は新人刑事時代を思いだすかのように八房に頭をさげた。

「身辺調査に必要な尾行、張りこみ、聞きこみなんかは、それこそお手のものだ。腕っぷしも、武術の心得がない男が凶器を持ったぐらいではまず歯が立たんだろう。しかし」

ここで八房は困ったような顔で腕組みをした。

「それはあくまで普通の探偵業の話だ。これが名探偵となると、俺が言っている世間一般の探偵業とは、かなりニュアンスが異なってくる気がするんだが」

「ええ、おそらく先輩が想定している名探偵の認識でまちがいないと思いますよ」

八房は困惑を隠せない表情で頭をかいた。

「つまりきみが今やっている仕事は、警察を尻目に難事件を解決するという小説やドラマに出てくるような名探偵なわけか」

「はい、そうです」

「しかし俺は、刑事時代にそんな怪しげなモンに遭遇した覚えはない。これでも俺はＵＦＯ

を一度、ツチノコを二度ばかり刑事のころに目撃しているが、名探偵と呼ばれるような人種には、ついぞお目にかかったことがなかったぞ」

「先輩は刑事として優秀すぎて名探偵が出る幕がなかったんです。というかツチノコなんてどこで見たんですか」

「その話が知りたいなら、あとで聞かせるさ。それより俺がきみの用件を聞くほうが先だ」

「私が名探偵をしているという事実を、もう納得してもらえたんですか」

「きみが根拠も意味もない嘘を言うとは思えんからな。きみが言うのならツチノコより非現実的な名探偵も、とりあえず事実なんだろうよ」

八房はため息をついて肩をすくめた。

「さて次の問題は、その名探偵が昔の先輩になんの用があってここに来たか、だ」

「先輩は『3D』という組織を御存じですか」

留置場のたたまれた布団の上に腰をおろして腕組みをした八房は首を横に振った。

「その単語については、三次元的という意味以外は知らん」

「デリバリー・ディテクティブ・ドッグズの略です」

「直訳するなら『探偵犬の配達』ってことか。きみはそこに所属しているんだな」

鍋島はうなずいた。

「簡単に説明すると探偵の派遣組織です。『3D』に登録されている探偵の中から、依頼に応じて適切な人物を派遣するんです」

「聞いたこともない話だ。なんだか胡散臭いな」

「あやしげな秘密結社というわけではなく、世間的に認知されている組織ですよ。もちろん公安委員会にも、きちんと届出もしています」

八房は無言でうなずいた。探偵業には届出が必要なのである。

「そうなのか、この三年間の俺は生活に追われて、そういう情報にすっかり疎くなっちまったからなあ」

そうぼやきながら、八房は頭をかいた。

「で、きみはその探偵犬の一員というわけか」

「はい、そうです」

鍋島はポケットから銀色のカードを取りだして八房に見せた。プラスチック製で顔写真と氏名、登録ナンバーが書いてあるシンプルなものだ。

「本当に今でも事件を追いかけているんだな」

「ほとんど歩合制みたいなものですね。これでなかなかノルマも厳しくて大変ですよ」

鍋島は苦笑いしながら八房に言った。

「だが、そこで上手くやっているんだろう。たいしたものじゃないか」

「先輩なら私よりもっと評価の高い名探偵になれますよ。もし先輩さえよければ」

「おっと、その先は言うな。気持ちはありがたいが、その誘いを受けるつもりはない」

八房は苦笑しながら片手を差しだして、鍋島の言葉をさえぎった。

「そりゃあ、今の俺は贅沢なんて言えない身分だから、反社会的なものでなければ、どんな仕事でもやるつもりだ。しかし何ごとにも例外ってやつがある」

八房は伸ばしたのとは反対側の手を、無精ひげだらけの頬に当てた。

「俺は事件の捜査や調査に関わる仕事は、それが官民どちらの領分にあるものでも、二度とやるつもりはないんだよ」

「お気持ちはわかります。なにもかも失いましたからね、あのときの私たちは」

「ああ、職も社会的地位もプライドも、物心両面でなにもかもな。もう関わるのも嫌にもなるさ。俺には家庭だってあったんだぜ。すべてを犠牲にしてヒーローなんてやれんよ」

「本気でそう思っているんですか」

「面倒くさいんで、そういうことにしておいてくれ」

八房はぶっきらぼうに言うと、たたまれた布団をひろげて、その上に寝転がった。

「先輩が熱意を失った本当の理由は別にありますよね」

布団の上で眠ったように目を閉じている八房に、鍋島は静かに語りかけた。

「三年前に管轄内で起きた殺人死体遺棄事件の捜査を進めてゆくうちに、当時日本政界のフイクサーとまで呼ばれていた久丸金次の巨額脱税に、私たちは行きつきました」

八房は小さく舌打ちすると、目を閉じて布団に寝たまま鍋島の言葉をさえぎった。

「それ以上は言わなくていい。要は俺が負けたってだけの話だ」

そこまで言うと八房は目を開けて、ふてくされたように顔だけを鍋島に向けた。

「たしかに敗れはしたが、まだ勝ち筋が消えたわけじゃなかった。俺は刑事をやめても事件を追う準備はしていた。だが、相手に勝ち逃げされてしまってはどうしようもない」

「勝ち逃げですか、あるいはそうと言えるかもしれませんね」

鍋島は八房から顔をそらして、なにかを思いだすように遠くを見つめた。

「私たちが解散した直後でしたね。政局争いに敗れた久丸が、病気で倒れて政界を引退したのは」

「最初は追及から逃げるための緊急入院かとも思われていたが、本当だったらしいな。フン、脂っけのあるものばかり食っていたからだよ」

面白くなさそうに八房は吐き捨てた。

「これも天罰でしょうか。悪いことはできませんね」

「確実に悪党に天罰が下るなら、警察なんてものは必要ない。神様ってやつは見落としが多いんだ」

いつの間にか鍋島に話す八房の声が、刑事時代の調子になっていた。

「刑事としてやってきたことに意味がないとは思わん。でも俺の中で決着が永遠につかなくなっちまったことも、また事実だ」

八房が抜け殻のようになったのは、力に屈したからではない。闘志をぶつける対象を失ってしまったからなのだ。鍋島は心の中でうなずいた。

「俺たちが追っていた殺人事件についても、実行犯は出頭して決着はついている。しかし結局、最後まであの殺人事件と久丸の関係は立証できなかった」

そう言いながら八房は布団の上にゆっくりと上半身を起こして、ため息をついた。

「俺はなにもかも失ってしまったんだよ。戦うべき敵すらも、な」

しばらく沈黙が続き、やがて鍋島が静かに口を開いた。

「その敵に、もう一度会ってみたいと思いませんか、先輩」

「なんだと、どういうことだ」

「まだ久丸は生きています。病気の後遺症で自由に身動きはできませんが、故郷にある屋敷で療養しています。そして、その久丸が『3D』に仕事を依頼してきたんです」

「おい、まさかそいつを引き受けたんじゃあるまいな」

さすがに驚いた様子で、八房は身を乗りだした。

「いいえ、別の人が派遣されることになっています」

「ふむ、そうか、それならいいが」

残念なような、安心したような顔で八房はつぶやいた。

「直接関係ない話なら、きみがお節介をする必要もあるまい。あんなやつに関わっても碌なことはないぞ」

「そうとも言えないんですよね」

鍋島は軽くため息をついた。

「私は関係ないんですけど、その、実は私の交際している男性が、この件の担当になったんです」

「うわあっ、なんだと、マグネシウム合金より堅物（カタブツ）のきみに恋人とは。信じられん」

思わず大声で叫んで、あわてて八房は鍋島に深々と頭をさげた。

「いや失礼、きみだって人並に彼氏ぐらいいるよな。すまん」

「ほ、本気で謝らないでください、そういうの、かえって失礼だと思います」

八房はもうしわけなさそうな顔で頭をかいた。

「しかしまあ、きみの彼氏も『３Ｄ』とやらの探偵なのか」

「そうなんです。彼は私から見ても非常に優秀な人なんですけど、なにしろ依頼人が曲者（くせもの）です。影響力を失ったとはいえ、久丸は油断できません」

「ははあ、そういうわけか、要するに彼氏が心配でお守り役が欲しいわけね」

鍋島が恥ずかしそうにうなずくと、八房は座っていた布団から飛び起きた。

「鍋島くん、とりあえずここを出るための手続きを頼む。それと床屋代も貸してくれ。ワトソン役の見栄えが悪いのでは、探偵に恥をかかせてしまうからな」

「先輩、引き受けてくれるんですか」

「ああ、面（つら）を拝んでみたい相手が二人もいるのではさすがに抗（あらが）えんよ」

八房は苦笑しながら鍋島にうなずいた。

「言うまでもないことだが、手伝うのは今回だけだぞ。俺はもう、官民問わず首輪をつけられるのはまっぴらなんでな」


鍋島と再会してから二日後、八房は某地方の郊外に建つ久丸の屋敷の前に立っていた。

最寄りのバス停から二十分ほど歩いた静かな場所にあるその洋館風の建物は、さほど大きくはないものの、異常なほど高い塀に囲まれていた。その高い塀は、久丸の猜疑心（さいぎしん）の強い性格をそのまま表しているように八房には思われた。

「用心のつもりでこういう高い塀をつけると、中が見えなくて、かえって不用心になるもんだ。まったく浅知恵の見本みたいな塀だな」

悪態をつきながら八房が巨大な門の前のチャイムを押すと、門が電動で開いて執事服を着た丸坊主の男が姿を見せた。

下仲雷太（したなからいた）、久丸の秘書の一人だが、実質は用心棒である。八房が三年前に久丸を追いかけていたときは、こいつとよく顔を合わせたものだ。

飼い主と同じぐらい評判の悪い男だが、その一方で久丸に対する忠誠心の高さについてもよく知られていた。だからこそ表舞台を去った久丸の元に今も残っているのだろう。

「よう下仲、久しぶりだな。服の趣味が変わったか」

かつては威圧感を与える服装で、周囲ににらみを利かせていた下仲だが、今の執事服姿は気の毒なぐらい似合わない。

「なんでテメエがここにいるんだ。ここは刑事の来る場所じゃねえぞ」

軽口をたたいた八房の胸倉をつかみあげて、下仲が凄まじい大声を張りあげた。人並外れた忠誠心を持つこの男にとって、飼い主へ散々に牙を突き立てた忌まわしい刑事の顔は、忘れがたいものだったらしい。

「おいおい、俺を呼んだのは久丸先生だぜ」

激昂して胸倉をつかむ下仲の手を外しながら、八房は冷静に言った。

普通の人間なら下仲の迫力に震えあがっただろうが、八房は悪党相手に恐怖を感じるということはない。ただ、その反動として悪党以外のこの世のすべてに弱くなったが。

「先生が刑事なんか呼ぶはずがねえ。どういう魂胆だ」

嚙みつきそうな目をしながら、下仲が八房をにらみつけた。

「今の俺の身分は『３Ｄ』から来た探偵の助手だ。こっちも日銭を稼いで飯を食わなきゃならんというだけさ」

「刑事の仕事はどうしたんだ」

「おかげさまでクビになった、三年前にな。知らなかったのか」

「そうだったのか、野良犬とはいい気味だ。先生に逆らうからだよ」

八房を挑発するように、下仲はわざとらしく鼻先で笑った。

「育ちすぎの体に似合わない執事服なんぞを着せられて、尻尾を振り続ける座敷犬よりはマシだぜ」

八房に皮肉で返された下仲が顔をしかめる。

「探偵の助手と言ったが、探偵本人はどうした」

「後から来るよ。まずは助手の俺が話を聞く」

下仲はしばらく黙っていたが、急に不安そうな顔になって八房にたずねた。

「なあ、本気で先生の依頼を受けるつもりなのか」

「前金で依頼料をもらっちまったんでね。お前も俺の能力に不安はあるまい」

「もちろんあんたが本当に味方なら心強いが」

「おっと、悪いが俺としては味方になった覚えはない。あくまで今の仕事をやりに来ただけだ。お互い割り切ろうぜ。こっちもプロだ」

少し考えてから、下仲はうなずいて八房に言った。

「わかった。中に入って先生と会ってくれ。言っておくが変な真似はするなよ」

複雑に曲がりくねった廊下を案内されて、八房は屋敷の奥にあるドアの前にたどり着いた。下仲はドアをノックすると、中からの返事を待たずにドアを開けて部屋に入った。

「先生、探偵が、いいや、探偵の助手が来ました」

こちら側に背を向けて部屋のほぼ中央に置かれた車椅子に、枯れ木のような老人が座っていた。それが自分のかつての仇敵(きゅうてき)の変わり果てた後ろ姿であることに、さすがの八房も一瞬気づかなかった。

「下仲、お前は下がれ。探偵と二人で話がしたい」

老人にか細い声で命ぜられた下仲が一礼して部屋を出ると、電動式の車椅子がゆっくりと旋回して、老人がこちらを向いた。

「久丸、久しぶりだな」

八房の顔が視界に入った瞬間、老人の目が少しだけ大きく動いた。

「頭のほうはまだまともに動くみたいだな。お前のせいで、ちょっとは名の知れた敏腕刑事が、あやしげな探偵の助手に転職だ」

八房は車椅子の正面に置かれた椅子へ腰をおろした。

「お互いに負け犬じゃ殴り合う気にもなれん。まあ、お前ごときにいいようにされる刑事の身分に未練もねえし、今回だけはお前の手足になって動いてやるぜ」

老人の小枝のような指に、わずかに力がこもったのを八房は見逃さなかった。かつての仇敵との対峙に、思うところがあったのは相手も同じだったらしい。

「どうしてここへ来た。八房文次郎」

「今の弱ったお前の面を拝んでおきたかったというのが一つだな。もう一つは、これから来る３Ｄの探偵を追い返すためだ」

「調査妨害をするつもりか」

「安心しな、探偵を追い返したあとで、俺が責任を持ってお前の依頼を果たしてやる」

八房は笑みを浮かべて久丸を見つめた。

「お前の持ってきた仕事なんて、どうせまともなもんじゃないんだろう。未来のある人間を関わらせたくない。俺は懲りたんだよ。ただそれだけだ」

八房を見つめたまま、久丸は無言で車椅子のボタンを押した。すると部屋の隅に置かれたプリンターが作動して、文書が印刷されて出てきた。前もってパソコンで書いた文章をいつでも出せるようにしておいたのだろう。

「机の上にある封筒にプリントアウトした紙を入れて持って行け。下仲には見せるな」

「了解。お互い、カビの生えた因縁は二人だけで地獄まで持ってゆこうや」

「二人だけ、か」

「ああ、二人だけだ」

机に置かれた封筒を無造作に手に取り、プリントアウトされた文書をねじこむと、八房は車椅子の上の久丸に背を向けた。


久丸の部屋から出た八房は、ドアの外で待っていた下仲に別室へと案内された。

「この部屋で探偵が来るまで待っていてくれ。俺はこれからほかに用事があるので、ちょっと出かけなきゃならないんでな」

「執事のくせに客に茶の一つも出さないつもりか」

「客はこっちだろうが」

「おっと、お前らが依頼人だったな」

舌打ちしながら不快そうに下仲が出てゆくと、八房はソファーに腰をおろして、久丸の依頼の文書が入った封筒をポケットから取りだした。

「さあて、どうやって探偵を追い返したものかね」

正式に仕事を受けた探偵へ、こちらの事情を話したところで素直に帰ってくれるとも思えない。鍋島の話から推測すると、おそらく彼女と同じぐらい優秀な男だ。プライドも高く、責任感もあるだろう。自分が同じ立場でもきっと引きさがりはすまい。

「ううむ、こっちはこっちで意外と面倒くさい仕事になりそうだな。まあ、まずは依頼文の中身から確認するとしよう。何事も一つずつだ」

　八房はため息をつくと、久丸の依頼の手紙を封筒から出して読み始めた。


　八房が部屋に案内されてから一時間ほどして、背の高い若い男が入ってきた。

「お初にお目にかかります。あたしが探偵です。あなたが助手さんですね」

　いよいよ来たか。ソファーに腰をおろして探偵に背を向けたまま、八房は心の中でつぶやいた。どことなく飄々（ひょうひょう）とした男だが、きっと相手の目を欺くための芝居だろう。中身はかなりの切れ者にちがいあるまい。

「あんたが探偵か。若いのにずいぶん優秀らしいな。あれっ」

　振り向いて、部屋に入ってきた探偵の顔をよく見た八房は首をかしげた。

「おかしいな、探偵さん、どこかで俺と会わなかったか」

「そう言えば、あたしも助手さんの顔に見覚えが」

　しばらく顔を見つめ合って、二人は大声を上げてお互いを指さした。

「ああっ、貴様は少年スリ、鉄鼠のダンジョージじゃないか」

「げげっ、八房の旦那、なんでこんなところに」

　探偵は腰を抜かさんばかりに驚いて、あたふたと部屋から逃げようとした。しかし八房は、探偵を背後から電光石火の飛び蹴りで蹴りたおすと、邪鬼を踏みつける四天王像のように片足で押さえつけた。

「俺が三課にいたとき、お縄にして以来だな。弾正勘八(だんじょうかんぱち)、なんでこんな場所にいる。さては空き巣狙いに転職したな。懲りない野郎だ」

「ちがいますって、さっきも言ったように、今は探偵やっているんですよ。あたしゃ十六のときに旦那に捕まって以来、更生して堅気になったんですよ」

「嘘をつけ、嘘つきは泥棒の始まりだぞ」

「あのう、あたしは泥棒じゃなくスリだったんですけど」

「似たようなもんだ。とにかくここに来る探偵は鍋島くんの彼氏だ。お前のはずがない」

「ああ、眞子ちゃんのことですね。たしかにあたしのコレですけど」

そう言いながら弾正は小指を立ててみせた。

「い、いや、まて、つまりその、鍋島くんの彼氏ってのは」

「えへへ、あたしのことです。照れるなあ」

八房は弾正を指さしたまま、酸素の足りない金魚のように口を開けて後ずさりした。

「う、嘘をつけ、最終学歴が幼稚園中退で九九もわからんアホのお前が、どうして探偵になって、あの才媛と交際している。彼女の能力は俺より上な面もあったぐらいだ」

「菜園って、九九と野菜作りは関係ないでしょう」

「サイエン違いだ。このアホ」

激しい片頭痛に襲われて、八房は自分のこめかみに手を当てた。

「それよりいいかげん足をどけてくださいよ、あたしゃゴキブリじゃないんですから」

「まあ、同じ扱いをしたらゴキブリに失礼だな」

八房は渋々と弾正から足を離した。

「お前みたいなどうしようもないもんが、どこで彼女と知り合ったんだ」

「実は二年ぐらい前に秋祭りで露店を出していたら、そこで知り合いまして」

「ほう、まともな仕事をしていたんだな。それは褒めてやる。たしかにお前は手先が器用だから、食いもの屋は適職かもしれん。で、露店というと、たこ焼きかワタ飴か」

「いいえ、洋梨のタルトです。お洒落な本格スイーツですぜ」

八房は思わず腰の力が抜けてその場にへたりこみそうになったのを、どうにかこらえた。

「洋梨のタルトって、お前なあ、ちゃんとしたもの作れるのか」

「失敬な、あたしも凝り性ですから、鳥取から二十世紀梨を仕入れてですね」

「その段階ですでに大幅にまちがっているだろ」

八房は弾正の頭をひっぱたいた。

「叩くことはないでしょう。それより旦那はまだ三課の刑事なんですか」

「いいや、お前を逮捕した直後に一課へ異動して、いろいろあってクビだ」

「ああそう言えば、眞子ちゃんも昔は一課の刑事って言っていましたね」

「彼女の新人時代、一課で指導した上司ってのが、この俺だよ」

「口うるさい旦那が上司じゃ、眞子ちゃんも大変でしたでしょうねえ。かわいそうに」

「どう考えても、お前みたいな人間地雷を彼氏にするほど、かわいそうな話ではない」

吐き捨てるように八房は言った。しかし万事において隙のない鍋島が、こういうダメ男に容易(たやす)く引っかかるとは思わなかった。どう考えても、こいつが優秀な探偵のはずがないではないか。きっと彼女は壊滅的に人を見る目がないのだ。

八房はしばらく沈痛な表情で下を向いていたが、やがて黒い笑みを浮かべて顔をあげた。

「いやいや失敬、過去は水に流して、今は事件に力を合わせて取り組もうじゃないか、弾正くん。今のお前は探偵で、今日の俺はお前の助手役なんだからな」

そう言いながら八房は、さわやかな笑顔で弾正の肩に手を置いた。

「い、いきなりどうしたんですか、旦那。なんか気持ち悪いんですけど」

「大丈夫だよ、この事件でとびきり危険な目に遭わせて、お前に探偵をやめさせ、鍋島くんから引き離そうなんて、これっぽっちも思っていないから」

「はあ、なんかよくわかりませんが、旦那がいてくれるならあたしとしても心強いです」

まだ少し困惑しつつ、弾正は頭をかきながら八房に言った。

「それで、今回の依頼はどういう内容なんですか、旦那」

まだ少し落ち着かない様子で、弾正は八房にたずねた。

「この屋敷の主である久丸がどういう人物だったのかは知っているな」

「いいえ、知りません」

「はい終了、今日はこれで解散、お疲れ」

「ちょっと旦那、そりゃあんまりですよ、見捨てないでください。あたしだって眞子ちゃんにいいところを見せたいんですから」

立ちあがって帰ろうとした八房に、弾正がすがりついた。

「ええい、離せ。お前みたいなもんに、いいところなんぞあってたまるか。よく考えたらお前に事件の概要を説明するより、オランウータンに司法試験の勉強を教えるほうがまだ簡単だ」

「あのう旦那、どこの外人さんですか、そのオランなんとかさんって」

真顔の弾正を見つめたまま、八房はしばらく絶句して動けなくなった。

「どうしたんですか、旦那」

「えっ、いや、その、ゴリラとかチンパンジーなら知っているよな、いくらなんでも」

「知っていますよ。猿の大きいやつでしょ」

「うん、とりあえずそういう認識でいいと思う。そうか、このレベルなんだ。ある意味で凄いよなあ、こいつ」

あまりにも無知すぎて皮肉が通じない。ため息をつきながら、八房は先ほど依頼の手紙を入れた封筒を弾正に見せた。

「さて、この依頼の手紙は、久丸がパソコンで前もって作成しておいた文章を、俺の目の前でプリントアウトしたものだ。手も若干だが不自由なので、これだけ書くのにも、えらく骨を折ったらしい」

「あの爺さんですね。あたしも旦那に会う前に、依頼主と会ってきました。重い病気みたいで気の毒ですな」

一瞬、八房は弾正の言葉を否定して、久丸へ悪態の一つもついてやろうと思ったが、やめておいた。弾正にまで自分たちの過去の因縁を押しつけることもない。

「中身をざっと読んでみたが、変換ミスもないし文章もしっかりしたもんだぜ」

「それで手紙の内容のほうはどうなんです」

「お前にもわかるように説明すれば、久丸のやつは命を狙われている」

「げげっ、それはまた穏やかじゃございませんな」

弾正は目を大きく見開いた。

「しかし、あくまで自己申告だからな。久丸の妄想ということも考えられる」

「妄想といいますと、もしかして竹ですか」

「孟宗竹じゃねぇ、思いこみってことだ」

八房はもう一発弾正の頭をひっぱたいた。

「人の頭をそう何度もひっぱたかないでくださいよ。スイカじゃないんですから」

「せめてスイカ並の頭を首の上に載っけてから言え。とにかく話を戻すぞ」

八房は調子を戻すために、一つ咳払いをした。

「考えてもみろ。黒幕として政界を引っかきまわしていた昔の久丸ならともかく、今のあいつは車椅子の上から自力で降りることもできない有様なんだぜ」

八房は再びソファーに腰をおろして、両腕を頭の後ろで組んだ。

「失脚して政界を追われたというわけではないが、あの体では政界や財界への影響力は皆無だ。わざわざ殺人のリスクを冒してまで消す意味があるのかね」

「まさか仮病ということはないですよねえ、あの爺さん。だれも見ていないところでは、元気いっぱいにエクササイズしているとか」

しばらく考えて、八房はゆっくりと首を横に振った。

「そいつはない。久丸の手足は筋肉が落ちて、まるで枯れ木のようだった。自力で動けない状態が長く続いた証拠さ。あれは偽装じゃない」

「でもねえ、旦那が言っているのは損得勘定で殺しをやる連中の理屈でしょう。恨みとかが動機なら、そういう状態でも殺そうと思うんじゃないんですかね」

「まあ、恨みは馬に食わせるぐらい買っている因業ジジイだが、仇敵である俺でさえあの様子を見て、少しは気の毒に思ったぐらいだからどうだろうな」

「ははあ、執念深い旦那でさえそう思うなら、普通の人はなおさらでしょうね」

「アホのくせに一言多いんだよ、お前は」

八房が弾正をにらみつけた。

「それに恨みが動機だとしても、久丸が倒れてからおよそ三年。どうして今になってあいつを殺害しようと思い立ったのかがわからん」

「ふふふ、それの説明なら、あたしはドラマで見たことがありますぜ」

得意げな顔をしながら弾正が八房へ言った。

「つまりですね、犯人は海外とかに行っていたんですよ。あと記憶喪失ってパターンもありましたな。それでつい最近、日本に帰って来たか、記憶が戻ったわけです」

「いいや、残念だがそのパターンは、今回は通用しない」

「なんでなんですか、旦那」

「この手紙には、久丸を殺そうとしているのは下仲だと書いてある」

「ええと、下仲といいますと」

「下仲雷太、ここに住みこみで働いている久丸の元秘書だ」

八房は小さなため息を一つついてから、言葉を続けた。

「つまり容疑者は三年間、ずっと体が不自由な久丸と一緒にいた人間だということだ。恨みがあって殺すつもりなら、とっくに殺していたはずだろう」

「ならばつい最近、恨みができたとか」

「それでも探偵を呼ぶ前に始末しちまえばいいだろう。下仲がいなければ久丸は探偵を呼ぶことすらできないんだからな。ところが下仲は久丸を殺すどころか、久丸の指示通りに探偵を呼んで、わざわざ状況を不利にした。あいつが犯人だとすると意図がわからん」

「久丸の指示を守らないと、この家のほかの人にあやしまれるからではないですか」

「それもない。この屋敷には久丸と下仲しか住んではいないと手紙にはある」

「へえ、この屋敷に二人だけですか。そいつは贅沢ですな」

弾正が目を丸くした。

「しかし旦那はこの屋敷の住人にやけに詳しいみたいですね」

「なあに、刑事時代のくだらねえ因縁ってやつだ」

八房は弾正から目をそらして、吐き捨てるようにつぶやいた。


「そういや、『3D』の探偵派遣システムって、どういう構造なんだ」

苦虫を嚙みつぶしたような顔で腕組みをしていた八房が、ふと何か思いついたように顔をあげて弾正にたずねた。

「ランク別ですよ。依頼人は探偵のランクを指定します。それから『3D』がランク内の探偵から適切な探偵を選んで派遣します」

「ちなみに鍋島くんはどれぐらいなんだ」

「眞子ちゃんは最高のSランク。松の特上ですね。天丼でいうと揚げたてのエビとアナゴとキスと季節の野菜が全部載っている感じです」

「お前はどれぐらいだ」

「あたしは最低のFランク。梅の並の下ですね。天丼でいうと冷えたチクワ天が一本載っている感じです」

弾正はなぜか得意げに胸をはった。

「ううむ、個人的にはチクワ天の評価がそこまで低いのがショックだな」

八房は少し悲しそうにぼやいた。

「天丼の話はともかく、どうして今さらそんなことが気になったんですか」

「いや、ちょいと引っかかってな」

八房は苦笑しながら両手を軽く振った。

「まあいい、気にしないでくれ」

「はあ、旦那が気にするなというなら気にしませんけど」

弾正は気を取り直したように両手を叩いた。

「さあて、どこからなにを調べましょうか、旦那」

「具体的な調査方法も手紙で指示されているが、そいつは明日からだな」

「ちなみにその下仲って男は依頼内容を知っているんですか」

「当然のことだが、『３Ｄ』への依頼手続きをしたのは下仲だから、久丸が探偵を呼んだことは知っている。しかし依頼の具体的な内容までは知らない。だからこれからの俺たちの目的や行動は下仲には内密だ。さとられてはいけない」

「すでにバレバレだと思いますけどねえ。あたしが下仲の立場でもそれぐらいのことはすぐわかりますぜ」

たしかにそうだ。こいつにさえすぐわかることが、下仲にわからないとは思えない。下仲はあまり賢い男という印象はないが、それでも弾正よりは上等な脳みそを持っている。「まあ、今日はもう遅いから、下仲が出かけているうちに、適当に屋敷の中を調べるとしよう。久丸の依頼が本当なのか、ただの妄想なのか、これでわかるかもしれない」

弾正が探偵であることが判明した時点で、八房にはわかりきっていたことだが、探偵と助手の立場は完全に逆になっていた。

「外はもうこんなに暗くなったのに、あのチンピラ執事はどこへ行ったんでしょうね」

廊下の窓から外を見ながら弾正がつぶやいた。下仲を待っている間にすっかり日は落ちて、外は墨を流したような闇になっていた。

「あいつは久丸が行けと言ったら、たとえ火の雨が降っていても行く人間だ」

「へえ、そいつはまた忠実ですな」

「しかしまあ、その忠実さが果たして本物なのか、少しあやしい状況だから、こうして俺たちがここにいるわけだが」

「忠義者か裏切り者か、どっちだと思いますか、旦那」

「ふうむ、現時点での俺の個人的な意見を言わせてもらうなら、あいつが久丸を殺そうとしているなんて、ちょっと考えられない話なんだがなあ」

八房は、かつて久丸の身辺を捜査していたときのことを思いだした。久丸の黒い噂があるところに、必ずいたのが下仲という男だった。

「あいつは久丸に関わる汚れ仕事を一手に引き受けていた」

「それがわかっていたのに、旦那ほどの刑事が逮捕できなかったんですか」

「俺の執念より、あいつの忠誠心が勝ったってことだ。久丸のためなら、あいつはなんだってする男だ。それこそ殺人すら躊躇(ちゅうちょ)しなかっただろう」

八房はわきあがってくる感情を押し殺すように目を閉じた。

「どうしてそこまであの爺さんの言いなりなんでしょうね」

「久丸以外のすべての人間が、下仲の敵だったからかもな」

親の虐待を受けて施設で育った下仲は、家族はおろか友人というものさえ知らない男だった。そんな失うものがない凶暴な男にとって、唯一の絆と言えるのが、久丸との主従関係だった。これがなくなれば下仲は心のよりどころを失うのだ。

「聖人でも悪党でも、人は一人では生きてゆけないってことだよ」

そんな下仲が久丸を殺そうとしている。こうして久丸本人から依頼の手紙を渡されてもなお、八房にとっては、信じがたいことであった。

「そもそも爺さんが、下仲が自分を殺そうとしていると判断した根拠はなんです」

「下仲が久丸へ『あんたを近いうちに殺す』って言ったそうだ」

「うへえ、本人の前で殺人予告ですか。なんだかえげつないなあ」

弾正は顔をしかめて舌を出した。

「まあ、久丸はそのときベッドの上にいて、ずっと目を閉じていたので、下仲は久丸が眠っていたと思って、つい口にしてしまったのだろう、と依頼の手紙にはあるな」

「でも旦那、起きていても寝ていても変わりないと思いますけどね。あの状態では用心しようがないでしょうから、首でも絞めてやればイチコロでしょう」

「解剖したときに死因が明らかに他殺では、すぐ捕まってしまうから、何か計画を立てているのかもしれない。それに下仲は最近、久丸に内密で何かをしているらしいとも手紙にあった。もちろんこれも疑心暗鬼が生んだ思いすごしかもしれないがな」

「具体的に何をやっているのかはわからないんですか」

「久丸はほとんど身動きができないから、下仲の様子がおかしいということ以上は知りようがない。そいつを調査するのが俺たちの仕事だ」

「でもやっぱり、考えすぎじゃないですかねえ。殺害予告の件だって、本当にその爺さんが夢うつつで寝ぼけていたのかもしれませんぜ」

「俺もはっきり言ってそうなんじゃないかとは思うがね。たとえわずかでも殺人事件が起きる可能性があるのなら、やはり放ってはおけないだろう」

「やれやれ、やはり真面目なんですねえ、旦那は」

「ケッ、心底憎い相手だからこそ、見捨てたらかえって後味が悪いのさ」

そんなことを話しながら八房たちが廊下を歩いていると、山のような洗濯物を持った小太りの中年女性がドアから出てきた。

「あれっ、この家には二人しか住んでいないはずではないんですか」

「お前に言われないでもわかっているさ」

八房は洗濯物を持っている中年女性に近づいた。

「おい、あんたは何者だ」

「いきなり何者だって言われても困ります。そっちこそだれなんですか」

「俺たちはこういう者だ。ちょっと話を聞かせてもらうぜ」

中年女性に高圧的にそのように言いながら八房は、かつての習慣で警察手帳を取りだそうとして上着の内ポケットに手を入れた。しかしすぐに今の自分の身分を思いだして、舌打ちしながらきまり悪そうに内ポケットから手を抜いた。

「いや、その、俺たちは久丸さんに調査を頼まれた探偵でな。屋敷の中を調べている」

「いきなり探偵とか言われてもねえ。なにか身分証とかないんですか」

胡散臭そうに二人を見ながら女が言った。

「あとで久丸さんにでも下仲さんにでも確認してくれよ。とにかくあんたこそ何者だ」

「あらら、なんだか話がややこしくなりそうだなあ。ちょいと旦那は引っこんでいてくださいよ。ここはあたしが話を聞きますんで」

見かねた弾正が、八房を押しのけるように中年女性の前に出た。

「いや、どうもすいませんお嬢さん。歳ばかりくって口の利きかたも知らない助手が失礼してしまったようで、もうしわけない」

弾正は深々と頭をさげて中年女性に言うと、愛想良く笑いながら予期せぬ暴言に愕然としている八房の頭を軽くひっぱたいた。

「ホントすいませんね。仕事もできなきゃ常識もないいんですよ、このオッサン」

お前が言うな、と鬼のような顔で言いかけて八房は言葉を飲みこんだ。相手の女性があからさまに警戒を解いた表情をしたからである。

「あらあら、お上手ですね。お嬢さんだなんて」

「いやいや、あたしは見たままを言っただけですぜ、いやマジで」

こいつは探偵やスリより、ホストクラブで働いたほうが稼げるかもしれない。

「通いの家政婦にお世辞を言っても、何も出ませんよ」

「ははあ、通いの家政婦さんなんですか。しかしこんな暗くなるまで残っていらっしゃるなんて、お仕事大変なんですね」

「いいえ、そうでもないですよ。ここへ来るのは三日に一回ですし、お屋敷もそれほど広くはありませんから。ただ最近は急に洗濯物が多くなって、こうして残業するのが多くなってしまったんです」

「あのう、お忙しい中、悪いんですけど、少しお話を聞かせてもらえますかね」

「でも、仕事がありますからねえ。この洗濯物にアイロンかけて、早く片付けないと」

「そんなのうちの助手に任せておけばいいんですよ。どうせ役に立たないんだから」

弾正は洗濯物を家政婦の手から丁寧に受けとり、無造作に八房に押しつけた。

「そんじゃオッサン、こいつを片付けといてね」

「ええっ、俺がどうして」

「いくらオッサンが無能でも、それぐらいのことならできるでしょう。あたしはこちらのお嬢さんからお話を聞かなきゃならないんです」

山のような洗濯物を抱えて呆然としている八房を残して、弾正は上機嫌の家政婦を連れてその場から去って行った。

それから一時間ほどして弾正が、アイロンをかけた洗濯物を無言でたたんでいる八房のところに帰ってきた。

「旦那ァ、怒っていませんか」

弾正は部屋の入り口から、不安そうに声をかけた。

「別にいいよ、怒ってない。というかそんな気力もない」

弾正を振り返りつつ、うつろな目をしながら八房は小さな声で言った。

「あれっ、なんかリアクションが想像していたのとちがいますねえ。短気な旦那のことだから、怒号を上げてアイロンで殴りかかってくるのかと思いましたよ」

「前のバイト先で、若いやつらに同じことをいつも言われていたから慣れているよ」

そう言ってから、八房は深いため息をついてうなだれた。

「ごめん、やっぱ慣れていない。むしろ、お前の心ない発言のせいで、この三年間の屈辱と嫌な記憶がよみがえった。そっとしておいて欲しい気分だ」

「ああ、なんだかもう、いっそ一発ガツンと殴られたほうがマシな気がしてきました」

「もういいって、俺の傷に触れるな。それよりあの家政婦から何か聞きだせたか」

「世間話ばかりで、旦那の役に立ちそうな情報はなかったです」

弾正は腕組みをしながら八房に言った。

「せいぜい次の知事選で、久丸の孫娘の婿が立候補することが決まっているらしいということぐらいで」

「ほう、あれだけコテンパンにされて、まだ政界へ未練があるのか。往生際が悪いな」

洗濯物をたたんでいる八房の目つきが鋭く変わった。

「そりゃあ、あきらめきれないでしょうとも。貧しい農家に生まれた久丸は、エリートのライバルたちを蹴落としつつ、一代であれだけの地位をつかんだんです。自分自身は先がなくても、子孫には残したいでしょう」

こいつが政界の事情をよく把握しているとは思えないので、あの家政婦からの受け売りだろう。まあ、こいつのトンチンカンな感想で語られるより、聞いたことをそのまま伝えてもらうほうが都合はいい。

「ただ孫娘の婿は、久丸のダーティなイメージの切り離しに躍起なようですな。むしろ久丸のことには触れて欲しくないような印象ですね」

「と、あの家政婦が言っていたわけだな」

「ええ、まあそういうことでして。旦那のほうは何かわかりましたか」

「ふん、久丸や下仲のシャツにアイロンかけていて、何かわかるはずもないだろう」

八房は手を止めて、積みあげたシャツを指さした。

「わかったのは、せいぜい下仲がとんでもない汗っかきってことぐらいだよ。まったく、たかが三日程度で、どれだけの量のシャツを使っているんだろうね、あいつは」

「ははあ、たしかにそうですねえ。潔癖症なのかな」

「そういう繊細なキャラには思えないね」

八房が最後のシャツをたたみ終えたところで、下仲が二人のいる部屋に入ってきた。下仲は部屋に入るなり、こちらに何か言おうとしたが、それより先に烈火のごとく激怒した八房が下仲を怒鳴りつけた。

「この三下、またシャツを汚してきたな、洗う側の立場になってみろ」


翌日の未明、八房と弾正はまだ暗いうちに屋敷の裏にあるガレージへと入った。

「昨日の夜、久丸にその日の調査を報告しに行ったんだ。まあ、昨日のうちに特にわかったこともなかったんだが、形式上ってやつさ。そうしたらまた新しい指示を紙にプリントしてよこしやがった。まったくあんな体でマメな野郎だぜ」

八房は不機嫌そうに内ポケットから手紙の入った封筒を取りだした。

「旦那の目の前でプリントしたんですね」

「ああ、そうだ。念のために手紙の内容もその場で久丸本人に確認したよ」

「そうなると、あのチンピラの罠とか偽造ってことはないようですね」

弾正はあまり似合わない真面目くさった顔で、ゆっくりとあごをなでた。

「車庫にある車の中から一台を使うように、と久丸からもらった手紙にはある。鍵の置き場所も手紙に書いてあったので、昨夜のうちに勝手に借りてきた」

「三台も車がありますぜ。しかもどれも高級車じゃないですか」

ガレージの照明をつけた弾正が、中にある車を見て目を丸くした。

「使うのは、この中のどれでもいいって話だ」

八房は封筒をポケットにしまって、車の鍵束を弾正に見せた。

「ベンツが二台にロールスロイス一台か。どれにします旦那」

「どれもまちがってぶつけると怖そうだ。せめてこの一番古そうな白のベンツを使おう」

「チェッ、あたしはどうせ乗るならロールスが良かったんですけどね」

未練をこめた目で、弾正がロールスロイスを見つめた。

「いくら久丸の所有物でも、俺は怖くてロールスなんて運転できねえぞ」

「旦那がダメでも大丈夫です。あたしも免許持っていますんで」

「お前の運転する車になんか、もっと怖くて乗れるわけねえだろ。ほら、お前も早く乗れ」

ベンツに乗りこみながら、八房は弾正を怒鳴りつけた。

「で、わざわざこんなお高い車でどこへ行くんですか」

助手席に乗りこみながらそうたずねる弾正に、八房は上を指さした。

「この屋敷の裏にある丘のてっぺん。久丸の指示によると距離は数百メートルぐらいか」

「そんな近くなら、車なんか使わず歩きでいいと思いますけど」

「天気予報じゃ今日はこのあたりに熱波が来るらしいぜ。今は日が昇る前だからまだ涼しいが、日が昇れば即座に炎天下になる。エアコン入れた車の中でもないと、熱中症でまいっちまうぞ」

そう言いながら八房はベンツのエンジンをかけ、感心したようにあごをなでた。

「おっ、さすがに高級車だけあってエアコンに馬力があるな。音はうるさいけど」

「でも旦那、そんなところになんの用事があるんですか」

「そこから、その丘のふもとにあるプレハブ小屋を監視するんだ。久丸のやつが、下仲が今日、そこで何者かと会う約束を携帯で話しているのを耳にしたんだとさ。俺たちは先回りして張りこんで、その現場を押さえるんだ」

「張りこみってやつですね。こいつは探偵の仕事らしくなってきた」

「ベンツの中で張りこむのは俺も初めてだがな」

八房はギアを入れつつ苦笑いした。

「刑事時代の張りこみに比べりゃバカンスみたいなもんだ」

「しかし小屋からこっちが見つかっちまいませんかね」

「距離がある上に、背の高い夏草が生えて死角になっているから、高倍率の双眼鏡でもない限り、小屋からは駐車してある車はまず見えないだろうって話だ」

「きちんと死角に車を置ければいいんですけどね。こんな大きくて派手な車だ。少しでも死角からはずれたら、なにかのはずみで見つかっちまいかねませんよ」

「夏草が生い茂って目隠しになっている地点は、地面に分厚い鉄板が敷かれている。そこを目印にして駐車すれば、死角で見つからないとある」

「目印になるものがあるのはありがたいですが、どうしてそんなものが山の中の地面に敷かれているんです」

「なんでも十年ぐらい前に古井戸のメタンが引火して地面に大穴が開いてな。危ないから鉄板で蓋をしたんだそうだ」

「うへえ、それじゃあ鉄板の下は空洞じゃないですか。そんな上にこんな大きな車で載って大丈夫ですかね」

「かなり分厚い鉄板だという話だから大丈夫だろう」

ここまで言って、八房はため息をついて苦笑した。

「もっとも張りこみ予定地点の地形が、久丸の記憶のまま変わっていなければ、だけどな」

「しかし旦那、その下仲の電話って迂闊(うかつ)すぎませんか。あたしにはわざと久丸に聞かせたとしか思えませんぜ」

「ああ、よく考えなくても、あからさまに俺たちを屋敷から引き離す罠だ。そこのところはすでに手を打って保険をかけているから心配するな」

八房はベンツを発進させた。

「だがな、俺にはそれよりもっと看過できないことがある。海千山千の狡猾(こうかつ)な久丸が、こんな見えすいた罠に、あっさり引っかかったってことだ」

「長いこと病気なら、気も弱くなって判断力も鈍るでしょう」

「ふん、あの古狸がそんなタマかね」

ベンツのハンドルを握る八房の手に、自然と力がこもった。


車椅子の上の久丸は、窓からの日差しのまぶしさに目を閉じた。エアコンで完全に温度調整された屋敷から、自分の力では出ることもできないこの老人にも、あと一時間もすれば、外が容赦なく照りつける太陽により灼熱の世界になっていることは確信できた。

ラジオの時報が久丸に午前八時を知らせた。かつて穴が開くほど見ていたテレビも新聞も雑誌も、もう久丸は身の回りにさえ置かないようにしていた。今の彼にとって、このラジオが外の世界を知るただ一つの手段となっている。

この時間は地方ニュースだ。久丸の孫娘の婿が、次の知事選に立候補するという話題である。ニュースを聞く久丸は、頭の中にこれまでの人生を思い浮かべた。

久丸が物心ついたときすでに父親はいなかった。父はそれほど体が強くなかった男のようで、元から体を病んでいたらしい。子どもが生まれたことで張りきったのが、かえって仇(あだ)となったのだろう。

今の久丸は長年の苦労のせいで大病を患い、こうして車椅子の上で過ごす身だが、この肉体的な脆弱（ぜいじゃく）さは、父親からのありがたくない遺産であることはまちがいない。

残された母親は、仕事を選ばず懸命に息子を育てた。窮状を知っていたはずの親族の助けなどは一切なかった。病弱な男との結婚が歓迎されるはずもなく、父と母は駆け落ちのようにして一緒になったからだ。

母親に楽をさせたい。その一心で久丸も必死に努力した。自分で学費を稼いで上の学校にも行ったし、やれることはなんだってやってきた。

おかげで母が死ぬ前に親孝行もできたはずだ。自分たち親子の窮状を見捨てたやつらや、貧しい生まれの自分をバカにしてきた連中にも恨みを晴らした。最後こそ敗北はしたものの、それでも成功した人生と言えるだろう。

ここまで回想してきた久丸の脳裏に突如、人生にただ一人だけ互角以上の存在として立ちふさがってきた男の顔が浮かびあがってきた。八房文次郎、本当の意味で自分の敵と言えるのは、あの男だけだったのかもしれない。

社会的地位で言えば取るに足らない男だった。今ではその社会的地位さえ失っている野良犬だ。それでもなお、三年ぶりに顔を合わせた仇敵は、かつて久丸の身に突き立てた牙の鋭さを失ってはいなかった。

おそらく人生で最後となる戦いに、あの男がやって来たのは、天のめぐりあわせというやつだろうか。まったく最後までドラマチックな人生ではないか。もしも体力が許したなら、彼は大声で笑っていたことだろう。

久丸がそんなことを思っていると、ドアがノックされ、若い女の声が聞こえた。

「失礼します。３Ｄから依頼を受けて来た探偵の鍋島です」

「探偵はすでに来ている。まちがいではないのかな」

女が入ってくるのとほぼ同時に、久丸の目が油断なく素早く動いた。

「いいえ、私がここに来たのは、あなたの依頼を受けるためではありません。私に仕事を依頼したのは八房氏です。私は三年前、八房氏の部下の刑事でした。もっともあなたは新人刑事の小娘なんか、覚えてはいないでしょうけどね」

久丸の目が大きく見開いた。

「八房氏は、下仲の電話が、あなたを殺害するために探偵をここからおびき出すためのフェイクだった場合に備えて、保険として私を呼んだのです」

「たしかにその可能性はある」

「しかし私はあくまで『保険』です。この意味、おわかりですか」

鍋島は久丸を静かに見据えた。

「あの人は昨夜のうちに、すでに本命の標的を射程にとらえていたんです。私がここに来たのは、万に一つでもその本命が外れたときのためです」

「言っている意味がわからないが」

一呼吸おいてから、鍋島は凛とした声で車椅子の上の老人へ言った。

「さきほど八房氏からあなたへの伝言がありました。これを聞けばご理解できるかと」

「答えを出すために必要な情報は全部揃った。お前の負けだ、このゲス野郎。以上です」

そして鍋島は柔らかな笑顔で久丸を見つめると、一礼して部屋から出て行った。


ラジオが正午を伝えるのと同時に、久丸の部屋のドアが開いて、八房が入ってきた。

「久丸、お前も宮沢賢治の『注文の多い料理店』って話は知っているよな。有名な話だ」

部屋に入るなり八房は、部屋の中央の車椅子に鎮座した久丸へ、軽い口調で話しかけた。

「猟に来た二人の紳士が山の中で見つけた料理店に入る。店に入るとやたらと変な指示が多いんだ。それに従いつつ店の奥に進んで行き、途中で気がつく。『自分たちは食べる側ではなく、食べられる側だ』とな。違和感だらけの注文は、全体の構図が逆さまなせいだった」

久丸の目が八房のほうへわずかに動いた。

「そして黒幕である山猫は、猟犬に退治される」

下仲に野良犬と揶揄(やゆ)された八房が、今や完全に猟犬の顔と牙を取り戻していた。

「まるでこの依頼のようじゃないか。不自然な依頼内容、そして探偵にうるさく出される注文、俺はずっと考えていたよ」

久丸の目に強烈な敵意が浮かんだのを感じ、八房は口元に笑みを浮かべた。

「答えは簡単。要するにあの話と同じで、狙う側と狙われる側が逆だったのさ。つまり久丸、あんたが下仲を殺そうとしていたんだ。そして俺たち探偵がお前の共犯者、いいや道具と言うべきかな。この構図ですべての謎が解ける」

八房はベッドの横へゆっくりと歩くと、部屋の主人の了解も得ずに、話の邪魔になるラジオのスイッチを切った。

「たとえば動機だ。下仲にあんたを殺す理由はないが、あんたには下仲を殺す理由がある。あんたの孫娘の婿が政界に出るという話だ」

部屋の中にエアコンの音と八房の言葉だけが響く。

「あんたの政治活動の暗部を知りつくした下仲は、この世に遺す最大の懸念だったんじゃないのか。下仲があんたに対し持っている忠誠心ほどには、あんたは下仲を信じていなかったんだな。あんたは自分と一緒に、下仲を墓場に連れてゆこうとしたんだ」

下仲を哀れに思ったのか、八房は少しだけ悲しそうな顔をした。

「しかしあんたは身体すら満足に動かせない。やれるのは指示を出すことだけ。しかしそれでもあんたは下仲の殺害計画を立てて実行した」

再び仇敵同士に戻った探偵の助手と依頼人は、お互いの目を見つめた。

「この一件の目的がわかれば、あとはそこへ至る手段を導きだすだけだ。しかしそれもあまり難しい話じゃない」

八房は車椅子の上の仇敵を指さした。

「久丸、この俺を甘く見て手駒に使ったのがお前の運の尽きだ。ほかのやつならともかく、この俺に、あれだけ不自然な注文を出すのは、情報をくれているのと同じだぜ」

「甘く見てなどいない」

静かにか細い声で久丸は言った。

「因縁の決着。貴様にもわかるはずだ」

「へっ、お互いに引きずっていたってわけか」

八房は指さしていた手をおろすと、片目を閉じて軽く頭をかいた。そしてまた厳しい表情になって、久丸を見つめた。

「下仲を容疑者にすれば、万に一つも探偵は依頼の内容を下仲に知らせないだろう。探偵と下仲が情報を共有できないように、上手い手を考えたもんだ」

久丸は八房を見つめたまま、わずかに目を細めた。

「あんたは探偵だけではなく、標的の下仲にも指示を出していた」

「その通りだ」

「家政婦が言っていた最近増えたという洗濯物が、お前が下仲に出していた指示のヒントだ。

俺もなりゆきで手に取ったが、そのほとんどは下仲のシャツだ。さらに昨夜、どこかに出かけた下仲は、シャツを汚して帰ってきた。つまり昨日の晩だけじゃなく、あいつはここ最近、シャツを汚すようなお出かけを、毎日していたということだ」

ひときわ強い口調でそう言いながら、八房は足元の床を強く踏み鳴らした。

「結論から言うぜ、下仲は小屋の中にいたんじゃない。俺たちが車を止める予定の場所の真下、あの鉄板の下の空洞にいたんだ」

八房の話を聞きながら、久丸は無言で笑みを浮かべた。

「そして俺たちへあそこに行くように指示したのは、小屋を監視させるためじゃない。鉄板の上に車を長時間駐車することで、穴の中に下仲を閉じこめるためだ。太陽はまず空気ではなく地表を温める。この炎天下で熱せられた鉄板が、午前中のうちに穴の中を地獄の釜にする。無駄に馬力のある高級車のエンジン熱とエアコンの排熱も手伝って、さして時間もかけずに確実に人が殺せるってわけだ。エアコンとエンジンの音は、地面の下から鉄板を叩かれても気づかないようにする意味もあっただろうな」

「どこから気づいていた」

「あのバカが探偵として派遣されてきたときからだよ。用心深く大金持ちのお前が、命の危機に際して最低ランクの探偵を呼んだ。どう考えてもおかしいだろう」

そう言いながら八房は苦笑いした。

「あえて最低ランクの探偵へ依頼したのは、もちろん依頼料をケチったからでも、耄碌したからでもない。ヘボ探偵のほうが、お前の計画には都合が良かったからだ」

「下仲はどうした」

「もちろん死んではいないさ。あいつを助ける義理もないが、殺す理由はもっとない」

八房はおどけたように肩をすくめた。

「鉄板をどけて下仲を引っぱりだしたとき、ついでに穴の中も見せてもらったぜ。あやしげな文書が詰まった収納ケースが文字通り山積みだった」

もし三年前にそれを見つけていたなら、俺はきっと小躍りしていたよ。八房は心の中だけでつぶやいて、さらに言葉を続けた。

「あんたは鉄板でふさいだ穴の中に、残しておかなければならないが、見られては困るものを残していたんだろう。たとえば表に出せない契約書や、政敵を恐喝するための証拠、脱税した資産なんかだ。井戸が爆発した大穴を鉄板でふさいでから十年間、あそこはそういうものの隠し場所になっていた」

観念したように久丸は目を閉じた。

「孫娘の婿の出馬のため必要になる書類が隠してある。探しだして持ってこい。お前は下仲にそう命じた。律儀なあいつは穴の中で、必死にありもしない文書を探した。もっとも昼間にあの穴の中で作業するのは不可能だから、まだ日が昇らないうちや、夕暮れになってから、懐中電灯一つ持って穴倉に入り、作業していたわけだ」

そこまで八房が言ったところで、ドアが大きな音を立てて開いた。

「下仲、どうしてここに」

思いがけない展開に、獲物を追い詰めていた猟犬が一瞬で野良犬に戻った。

「いやいや下仲、気持ちはわかるが早まるな。殺しちゃいかん、落ちつけ」

いきなり部屋に乱入してきた下仲を見て、八房はとっさに久丸を庇(かば)おうとした。裏切られた下仲が、激昂して主人を殺しに来たと思ったのである。

「くたばれ、この野良犬」

「あれっ、えっ、なんで俺」

とりあえず身構えてはいたものの、まさか自分に攻撃が来るとは思っていなかった八房のみぞおちに、下仲の迷いのないパンチがめりこんだ。あとから思えば、勝利を確信したところに不測の事態が起きたことで、八房の思考回路に瑕瑾(かきん)が生じていた。下仲の異常な忠誠心をすっかり忘れてしまったのである。

そのまま八房は膝をつき、ほとんど一方的に下仲から暴行を受けた。八房とて元刑事だから、格闘術は身に付けているが、三年間の不安定な生活は彼の筋肉を衰えさせ、反射神経をすっかり錆びつかせていた。

「どうやら退治される山猫は貴様のほうだったようだな」

か細い声で、しかし悠然と久丸がつぶやいた。たしかにこのタイミングで飛びこんできた下仲は「注文の多い料理店」のラストシーンの猟犬のようだ。

「探偵は全員始末しろ。そのあとはわかっているな」

「はい先生、こいつらを始末したあと、俺も死にます。安心してください」

下仲は明るい顔で大きくうなずいた。

「し、下仲、お前おかしいぜ。どうかしている、正気かよ」

床に倒れたまま、八房はか細い声で言った。

「理屈じゃねえ。これが俺の存在する意味だ。そいつを失ったお前にはわかるまい」

ああ、言われてみればその通りかもしれないね。上着の中に手を入れる下仲を見上げながら、八房はぼんやりと思った。

久丸に裏切られたショックが、かえってこいつの忠誠心に火をつけてしまったのだ。今のこいつは久丸との絆を再確認できるなら、なんだってやるだろう。それこそ自分の命さえも迷うことなく捨てるはずだ。

「最後の最後でしくじった。すまねえ、本当にダメな亭主とパパだ」

妻と娘に別れを告げて、八房は静かに目を閉じた。もうすぐ拳銃を取りだした下仲が、この素晴らしい脳細胞の詰まった頭を撃ちぬくはずだ。自分はもう駄目だが、眞子くんはなんとしても逃げて欲しい。ついでに弾正のアホは逃げ遅れて血まみれの無残な姿で死んで欲しい。しかしまあなんだね、こんなことになるなら、下仲のシャツなんか真面目にアイロンかけてやるんじゃなかったよね。むしろ鼻クソでもつけてやるんだった。あのロールスロイスにも十円玉で傷をつけてやればよかった。バカとかウ◯コとか、あるいはもっと下品な落書きをしてやるべきだった。ああ、それにしても最後にせめてウナギ食いたかったなあ。スキヤキでもいい。やはりあのとき食い逃げしておくべきだった。

「おうい、下仲、そろそろ回想で自己嫌悪しそうになってきたんだが、まだなのか」

八房が目を開けて顔を上げると、下仲はまだ上着の中をさぐっている。

「あんたの探しものはこれですかい」

開け放たれたドアの向こうから、聞き覚えのある声がした。

「ど、どうしてそれをお前が持っている」

青い顔で下仲は、部屋の入り口に立って小型の拳銃を構えている弾正を指さした。

「危なっかしいものを持っていらっしゃるようだったので、ちょいと抜いておきました」

飄々と弾正は下仲に言った。

「抜いておいただと、どうやって」

「そいつは企業秘密です」

「服の中の拳銃のことをなぜ知った」

「あたしはね、その人の立ち振る舞いを見ていれば、服の中に不自然なものを隠していることぐらい、一目でわかるんですよ」

なるほど、このアホが探偵業を続けられる理由はこれか。八房はようやく納得した。そう言えば、こいつのスリの技術は魔術レベルであった。名高きアホでありながら、警察が散々苦労させられたのも、この高度な技術のせいだ。

「そいつを返せ、この野郎」

下仲がそう叫んだのを聞いて、とっさに八房が吠えた。

「弾正、下仲じゃねえ、ジジイのほうに銃を向けろ」

「あっ、はい、わかりました、旦那」

弾正が車椅子の上の久丸に銃を向けたのと同時に、今にも飛びかかろうとしていた下仲の動きが止まった。

「動くなよ、下仲。うちの探偵さんが先生をぶち抜くぜ。こっちは殺されかけた身だ。命を守るために手段は選ばんことぐらい理解できるよな」

八房はゆっくりと立ちあがった。

「へへっ、なかなか気分がいいね。こういうのは刑事のときは使えなかった手だ」

「ちくしょう、きたねえ手を使いやがって」

血走った目で下仲がこちらをにらみつけた。

「浮世の汚濁へ手を突っこんで汚し続けてきたお前らに言われたくはないね」

「躊躇するな、下仲」

久丸が血走った目を大きく見開いて、病人にあるまじき凄まじい怒号をあげた。

「私にかまうな、殺せ、そのまま全員殺せ。私の言うことが聞けないのか」

「駄目です。できません。先生、無理です。俺には無理です」

下仲はまるで幼い子どものように泣き崩れた。

「勝負あり。限界に近かった心が折れたな」

八房が憐れみをこめた目で下仲を見ていると、鍋島が部屋の中へ入ってきた。

「先輩、大丈夫ですか」

「ああ、おかげさんで死に損ねた。警察に連絡は」

「すでにしてあります」

「そいつは結構」

鍋島は八房に笑いかけた。

「先輩、なかなか素敵でしょう、私の彼氏」

「三十点ぐらいならくれてやる。俺一人じゃ危なかったのは事実だしな」

「そりゃあそうでしょう。あの話、山猫を退治する猟犬は二匹いたはずですよ、先輩」

立ち聞きしていたな、こいつ。八房は少しだけ顔をしかめた。

下仲に痛めつけられた八房の傷の手当てをしながら、鍋島がたずねた。

「しかし先輩、車を出して張りこみをしろという指示を、最初の依頼の文に書いて渡さなかったのはなぜでしょう」

「昼間が確実に暑くなる日を待っていたからだ。チャンスはほぼ一回のみ。あまり気温が上がらない日もあるだろうし、雨が降ることもある。久丸は屋敷の中でラジオを聞きながら、ニュースになるほど大きな熱波が来るのをじっと待っていたんだ。自分の忠実な部下を、穴の中で蒸し焼きにするためにな」

鍋島は八房の説明にうなずきながら、傷口に絆創膏を貼った。

「はい先輩、応急処置は終わりましたけど、ちゃんと病院で検査しなきゃだめですよ。頭や腹も殴られたんですからね」

「わかっているさ。それはそうと、きみに連絡したのは昨日の夜なのに、迅速な到着だったな」

「ええ、緊急性がある依頼にも対応できるようにしていますからね。でも先輩から指名で依頼が来たと聞いたときには、さすがに驚きましたけど」

「きみにもこの一件に立ち会う権利があるからな」

「『3D』のシステムでは探偵を依頼人が指名できます。私をここへ呼ぶ裏技でしたね」

ふと、八房は軽く苦笑して、あらためて鍋島のほうを見た。

「今えらそうに『権利がある』なんて言ったが、やはり訂正させてくれないかな。三年越しの因縁に決着をつけるとき、一人でもいいからあのときの仲間にいて欲しかった。やはりそっちが俺の本音だ」

「どちらでもかまいません。私はこの場に呼んでいただけたことを感謝しています。先輩の中で決着はつきましたか」

「ああ、おかげで長い足踏みから、一歩前へ踏みだせそうな気がするよ」

「ところで、私の依頼料のほうなんですけど」

「わかっているよ。そこらはシビアなんだな」

「ごめんなさい。そればかりは『3D』独自の厳しいルールがありますので」

「謝ることはないだろう。きみにも立場があるんだから」

鍋島の差しだした請求書の金額を見て、苦笑していた八房の表情が凍りついた。

「これ、ゼロの数がまちがってないか。三つぐらい」

「私が決めたんじゃないんですよ。組織のほうで決めた私の相場なんです」

やっぱりこの数字で正しいらしい。八房は頭を抱えた。

「これって支払い能力がない場合はどうなる」

「それがその、先輩の場合は、支払い能力ありと見なされました。だから依頼が受理されて、私が派遣されたんです」

「どうしてだ。俺は無職だぞ。バイトをクビになった明日が見えないオッサンだぞ」

「要するに『うちで働いて返せ』ということです」

「えっ、つまりどういうこと、ぼくわかんない。わかるようにおしえて、おねえちゃん」

ようやく出口の見えないトンネルから抜けた瞬間、借金を抱えてしまったというショックで、八房の精密機械のような思考回路は、壊れたソロバン以下になっていた。

「先輩には借金を返すまで、ただ働きしてもらいます。弾正くんの助手として」

どうにか意味を理解した瞬間、八房の思考は完全に停止した。


八房が口を開けたまま放心していると、下仲と久丸を見張っていた弾正が戻ってきた。

「あれっ、どうしたんですか旦那。しっかりしてくださいよ」

弾正に頭を叩かれて、八房は我に返った。

「い、いやなんでもない、それより下仲はどうした」

「警察が連れてゆきましたよ。下仲は気が抜けたようで、抵抗どころか、歩くのもやっとって感じでしたね。久丸も生きてはいますが、反応がシッチャカメッチャカです。どうやら、この一件で惚けちまったみたいですぜ」

「あの妖怪ジジイがそんなタマかね。悪あがきの猿芝居じゃないのか」

「追及しますか、先輩」

「放っておけ、どうあがこうが悪あがき以上にはなるまいよ。今の久丸は最後に一本だけ残った足を失った蟹と同じだよ」

穴の中の資料も警察の手に渡るだろう。そうなれば孫娘の婿の知事選への出馬も、今回は難しくなるかもしれない。まあ、そんなことは八房にはもうどうでもいいことだ。

「あとでこっちもいろいろと警察に釈明しないとなりませんね」

鍋島が小さなため息をついた。身を守るためとはいえ、弾正が車椅子の老人に銃を向けたのも事実なのである。

「そこは眞子ちゃんと、旦那のコネでどうにか頼みますよ。ねっ」

「ええ、なんとかやってみるわ、弾正くん」

「鍋島くん、こいつを甘やかすな」

苦虫を嚙みつぶしたような顔で八房が言った。

「そもそもこいつがきちんと下仲を見張っていれば、話はもっと簡単だったし、俺も殴られなかったんだ」

「仕方ないでしょう。だってトイレに」

「下仲に『トイレに行く』と言われて、目を離した隙に逃げられたわけだろう。そんな見えすいた嘘に引っかかるなんて、お前というやつはどこまでアホなんだ」

「ちがいます。あたしがトイレに行っている間に逃げられたんです」

「なおさら悪いわ、ええい、このドアホ、アホ、アホ、アホの坂田」

八房は勢いとリズムをつけて弾正の頭をひっぱたいた。こちらはいつ終わるかわからないただ働きの身だ。こうなったら、せめてこいつをいびらないと気がすまない。

「やめてください先輩、弾正くんが可哀想です」

鍋島が弾正を庇って抱きしめた。まったくこんな男のどこがいいのか。下仲の久丸への忠誠心と同じぐらい理解不能だ。

「あのね、鍋島くん、単刀直入に聞くけど、それのどこがいいの」

鍋島は少しはにかみながら答えた。

「昔のあこがれの人に似ているんですよね。秘めた能力の高さとか、いざというときの頼りがいとか、ちょっと抜けている雰囲気とか」

「なんと、信じられん。これと同レベルの人間がこの世にいるのか。まさに悪夢だ」

深刻な表情で八房は腕を組んだ。

「どこの人間産業廃棄物か知らないが、あこがれる相手を選びなさい」

「はい、産廃」

「サンパイじゃなく、先輩だろう。まったく、どこの訛りだね」

いたって真面目な顔で八房はつぶやいた。

ポンコツ探偵、食べる

八房文次郎は腕組みをしてズボンの値札を見ながら、服屋の店先でかれこれ一時間近く悩んでいた。

「三千円か。収入が不安定な上に、借金まで背負った身には厳しいわい」

八房はため息をついた。今朝、八房のズボンの膝がついにすりきれた。刑事時代から身なりには無頓着な男であったが、それでも膝の穴をセロハンテープでふさいだまま外出することを、みっともないと感じるだけの分別は、かろうじて失ってはいなかった。

「おズボンをお探しですか」

声をかけられてふと振り返ると、若い女性店員が立っていた。

「うむ、おズボンだ」

真剣な顔でうなずきつつ、鸚鵡（おうむ）返しで八房は答えた。

「どのようなおズボンをお探しなのですか」

「三十円ぐらいのおズボンはないものかな」

女性店員が唖然とした表情になったので、八房はあわてて言い直した。

「いや、三十円は言いすぎた。三百円ぐらいのおズボンでいい」

「嫌がらせなら、警察を呼びますよ」

「いや待ってくれ、嫌がらせではなく、切実な問題なんだ」

女性店員は眉をひそめて八房の姿をよく観察すると、納得したようにうなずいた。

「ううん、これは、その、たしかにお困りのようですね」

「そうだろう。ぜひ三百円ぐらいの予算でおズボンの都合がつくとありがたいのだが」

「投げ売りコーナーにならば、なにかあるかもしれませんけど」

女性店員は店の隅の暗がりにあるカゴを指さした。

「へえ、あんなコーナーがあったとは気づかなかった」

「投げ売りにしても売れなかったので、業者に廃棄物として引き取ってもらうため、店の隅に引っこめておいた品物なんですが」

「なるほど、それであんな目立たない場所にあるのか」

「ただ、あのコーナーの廃棄物、いや商品は、裾の調整などのサービスは別料金ですよ」

「家には試供品でもらったソーイングセットがある。そういうのは自分でやれる」

「はあ、どうぞご自由にお探しください」

あきれたようにため息をつく店員にそう言われて、八房は店の奥へと入った。

「それではおズボンを探すとするか。俺のような渋めのナイスミドルにふさわしいハイセンスなおズボンを」

そう言いつつ八房はカゴの中の衣類から、ズボンを探し始めた。

「で、そういうおズボンになったわけですか」

町はずれの路地の奥にある廃屋のような安酒場「ノイローゼ」で、八房からいきさつを聞いた弾正勘八は、困ったような顔で頭をかいた。

「仕方ないだろう、サイズが合うおズボンがこれしかなかったんだ」

蛍光ピンクのズボンのポケットへ手を入れつつ、不機嫌そうに八房が言った。

「なんだかピンクが鮮やかすぎて目に痛いですな」

弾正から言われるまでもない。買ったときは膝に穴が開いているよりはマシだと思ったが、こうして身に付けてみると、みっともなさは五十歩百歩である。

この安酒場に来る客のほとんどは、身なりが良いとは言いがたい連中だが、それでもドアを開けて八房が現れたとき、カウンターにいた店の主人の顔が一瞬こわばった。

「あれですよね、旦那が自然界にいたら、絶対に新種の有毒生物ですよね」

「俺のおズボンは毒虫の警戒色か」

不機嫌そうにそう言ってみたが、自分でも弾正の感想に共感してしまうのが悲しい。

「旦那、探偵業ってもんは、なるべく地味な格好をするのが基本ですぜ」

「貴様なんぞに言われんでもわかっている。おズボンのハンデぐらい公僕としての経験でカバーしてやる」

「まあ、旦那がそうおっしゃるなら」

「それより、依頼の内容はなんなんだ。貴様みたいなトンチンカンに来た仕事だし、どうせ碌な仕事じゃあるまい」

「そこはご心配なく。あたしに来た仕事の中では、割とまともな部類ですよ」

弾正は八房に一枚のチラシを渡した。

「ふむ、屁野頃山ラーメン会館。なんだこりゃ」

「今度、屁野頃山町にオープンする施設です。なんとラーメンの施設なんですぜ」

「そんなところを、わざわざ強調せんでもよろしい。ラーメン会館がソーメンの施設なら、むしろそのほうが問題だ」

相変わらず思考がずれている弾正にため息をつきながら、八房はファイルをめくった。

「今は猫も杓子もラーメンなんだなあ」

「あのう旦那、猫は猫舌だからラーメンは苦手だと思いますが」

「そういう慣用句だ、バカモノ」

八房はチラシを丸めて、弾正の頭を軽く叩いた。

「要するにあれだ、『ラーメンの人気は凄い』というような意味だ」

「ははあ、なるほど、ソーメンとかも、もう少し頑張るべきですな」

「いや、そういう叱咤激励をされたところでソーメンとしても困ると思うが」

丸めたチラシを再びひろげて内容に目を通すと、八房は顔をあげて弾正にたずねた。

「で、このチラシがどうかしたのか。これがどう今回の依頼につながるのか、肝心なことが書いていないぞ」

「依頼の資料はまだないんですよ。手元にあるのはこのチラシだけです」

「どうしてきちんと作ってないんだ。俺に渡す分はもちろんだが、お前が属している『3D』とかいう組織へも、事件を書類で報告しなきゃならんのではないか」

「もちろん必要ですけどね、でも」

そう言いつつ、弾正は八房を指さした。

「そういうのを作るのは旦那の仕事でしょう。旦那はあたしの助手なんですから」

「うう、そうなるのか」

八房は思わずうめき声を上げた。今の八房の身分は探偵である弾正の助手なのだ。元スリのこいつに指示されるのは、元刑事の八房としては面白くないが、今の立場は弾正が上だ。

「というわけで明日、このチラシの住所へ行って、依頼主に話を聞くので、旦那は資料作りをお願いします」

「ちっ、えらそうに命令しやがって」

このろくでもない腐れ縁から解放されるためにも、真面目に依頼をこなして、探偵派遣組織「3D」への借金を早く返さなければならない。

「さて、明日は鬼が出るか蛇が出るか」

ほんの少しだけ嬉しそうに八房はつぶやいた。弾正の助手という今の自分の立場に辟易(へきえき)す実であった。

る一方で、とっくの昔に火が消えて燻っているはずの心が、妙に高ぶっていることもまた事

翌日、八房と弾正は屁野頃山町の中心部にある真新しいビルの前に立っていた。

「このビルが屁野頃山ラーメン会館でまちがいないな」

目の前にそびえるビルと、チラシにある写真を見比べて八房がうなずいた。「ラーメン会館」の文字の巨大なレリーフがビルの壁面に取りつけられてはいるが、建物の外観は普通のビルであり、ラーメンを想起させるような要素は見当たらなかった。

「まだ正式にはオープンしていないみたいですね」

正面玄関の巨大なガラスドアに貼られたポスターと貼り紙を見て、弾正が言った。

「来週にオープニングイベントがあると書いてあります」

「だが、正面玄関には鍵がかかっていないぜ」

八房がガラスドアを軽く手で押しながら言った。

「この中にすでに依頼人が来ているってことだ」

「まだオープン前の会館の鍵を勝手に開けて、中に入ることができるなんて、依頼人はどんな人なんですかね」

「さあ、よくわからん」

二人はそのまま正面玄関からビルの内部へ入った。八房は三つ並んでいる複数のエレベーターの中から、社長室直通と書かれたエレベーターのボタンを押した。

「どうしてそれに乗るんです」

「観察眼が足りんな。一階に来ていないのはこのエレベーターだけだ。だれかが乗って使用したということだろう」

上の階から降りてくるエレベーターの電光表示を指さして、八房は弾正に言った。


直通のエレベーターを降りた目の前に、「社長室」と書かれたドアがあった。八房はドアノブに手をかけ、いささか乱暴にドアを開けた。

オープン前でまだ本格的な引っ越しを済ませていないせいか、社長室の中は驚くほど簡素であった。簡素な机とパイプ椅子で仮のオフィスのようなものが設けられている。机の上にあるのはノートパソコンだけである。

「おい、ノックは」

パイプ椅子に腰かけていた小太りの男が、部屋に入ってきた八房と弾正をにらみつけて、机を指で叩きながら不機嫌そうに言った。

「ノックはどうしたんだね、ノックは」

もう一度そう言われて、八房と弾正は顔を見合わせてしばらく考えたのち、片手を高々と上げて、声を揃えて朗々と言った。

「パンパカパーン、パパパ、パンパカパーン、今週のハイライトー」

「漫画トリオの横山ノックじゃない。ノックもしないでドアを開けただろう」

小太りの初老の男は机を激しく叩いて怒鳴った。

「それならそうと最初からちゃんと言ってくれればいいのに」

「ですよねえ、つい古いネタをやっちゃいましたよ」

八房と弾正は両耳を指でふさぎながら、不服そうに口をとがらせた。

「ちょっと常識がないんじゃないかね、きみたち」

「常識がある人間が、いい歳こいてこんな蛍光ピンクのおズボンを穿くとお思いで」

八房の下半身を示しつつ、弾正が男へ言った。

「い、いや、きみたちに常識があるとは思わないが。それにしても無礼じゃないかね」

「さあな、そんな些末(さまつ)なことはよくわからん」

ポケットに手を入れながら断言する八房を横目で見て、弾正が小声でつぶやいた。

「気が小さいのに傲岸不遜(ごうがんふそん)な性格は、旦那の転落人生の一因だな、きっと」

「ん、何か言ったか、弾正」

「いえいえ、なんでもありません」

「まあいい、それよりも依頼の話だ」

八房はパイプ椅子に腰をおろして横柄に足を組んだ。

「あんたが今回の依頼人か」

「ああ、そうだ」

男は八房にうなずいた。

「わかりやすく簡潔に頼むぜ。助手の俺はともかく、こっちの探偵がバカなんだ」

男は顔をしかめると、ポケットから名刺を出して八房に渡した。

「とりあえず自己紹介させてもらう。私はこういう者だ」

「名刺なんてもらうのは久しぶりだな。ええと、本家是羅（コレラ）亭（てい）社長、屁野頃山ラーメン会館オーナー、NPO法人麺食文化福祉会理事、麦面又郎（むぎめんまたろう）さんね」

八房はもらった名刺に書いてある肩書を読み上げると、困ったように顔をあげた。

「それで結局、あんたは何者なんだ。コレラだとかナントカだとか、やたらと肩書があって、どうもよくわからん」

「おい、本家是羅亭という名前でもわからないのか、きみは」

「社長さん、そいつは愚問じゃないですか」

憤慨している麦面へ、弾正があきれたように肩をすくめた。

「わからないから旦那は社長さんへ聞いているんでしょう。ねっ」

弾正にしては実に論理的な意見である。しかし横から余計なことを言われて、麦面の機嫌はさらに悪くなった。

「では、きみは本家是羅亭を知っているのかね」

「いいえ、あたしも知りません」

弾正はきっぱりとそう言いながら首を横に振り、麦面はまたしても頭を抱えた。

「知らないなら教えてやる。うちはラーメン店だ。ただのラーメン店ではない。世間では有名な店だぞ。全国的にチェーン店を展開している大きなラーメンの店だ」

「ほう、それはまた商売繁盛で結構な話だ」

八房がさしたる感慨もなさそうにそう言う横で、弾正が不思議そうに首をかしげた。

「大きなラーメンの店というと、やはりドンブリが直径一メートルぐらいあるんですか」

「大きなラーメンを出す店って意味じゃない。商売の規模が大きいって意味だ。多分」

探偵二人の会話を聞いていた、麦面が不安げにため息をついた。

「本当にきみたちで大丈夫なのかね」

「もちろんですとも。代金分の仕事はしますぜ。あたしらはプロですからね」

弾正はウインクして、人さし指を立ててカギ形にした。

「人前でその指はやめておけ。そっちは廃業したんだろう」

八房は顔をしかめつつ弾正へ言った。

「で、あんたはどういうトラブルを抱えて俺たちを呼んだんだ」

「うむ、たいした問題じゃないのだが」

微妙に目をそらしながら麦面は言った。彼にとってあまり触れて欲しくなさそうな話題であることは一目でわかる。

「うちの傍流である元祖是羅亭が、本家であるうちを逆恨みしては、何かと因縁をつけてきて困っているんだ」

元祖是羅亭は麦面によれば傍流ということだが、元祖を名乗るということは、あちらとしては自分こそが正統と思っているのだろう。まあ、世間ではよくある話だ。

「スープのひっかけっこや、ドンブリの投げつけ合いでも起きるかね」

「来週に控えているこのラーメン会館のオープニングイベントで、本当にそういう乱闘が起きかねない状況だ」

「いっそ、そっちを見せものにしたほうが、客が来るんじゃないか」

「ふざけないでくれ。こっちは真剣に悩んでいるから相談したのだ」

「いや失敬、あんたが悩んでいるのに茶化したのは悪かったよ」

麦面氏に怒鳴られて、八房はさすがに少しだけきまりが悪そうに両手を振った。

「実際に何か被害は出ているのか」

「実害はないが、元祖是羅亭から脅迫状らしきものが来た」

「警察に相談したのか」

「していない。大きな騒ぎにはしたくないんだ」

「脅迫の具体的な内容は」

「それは、その、そういうことは、あとでまとめて連絡する」

なぜか麦面は急に口ごもった。

「とにかくオープニングのイベントで、元祖がトラブルを起こせないようにして欲しい」

「ちょっと待った」

八房が手を差し出して、麦面の言葉をさえぎった。

「元祖だかガンダムだかガンモドキだか知らんが、暴力行為をチラつかせて、そいつを恫喝しろというなら俺は断るぜ」

「そうじゃない。この会館のオープニングイベントが無事に終わるまで元祖のやつを監視して、もしやつが変な真似をしそうなら、阻止してもらいたいというだけだ」

「ふむ、調査依頼というよりは、見張り番みたいな仕事だな」

少し考えてから、八房は弾正のほうを見た。

「俺が判断をするのも筋が通らん。名目上はお前に来た依頼だ。お前が決めろ」

「ええっ、あたしが決めるんですか」

「やかましい。面倒くさい書類作りとかのときだけ、探偵と助手の関係を押しつけるな」

八房は頭の後ろで腕を組みながら、弾正を横目でにらんだ。

「自分の名前に来た仕事ぐらい責任を持て」

「そうですねえ」

弾正は天井を見上げて、こう言った。

「あたしとしては、こういう単純な仕事のほうが得意ですね。人が大勢集まる中で、人の流れを把握したり、人のあやしい行動を観察したりするのは得意中の得意ですから」

たしかに弾正の前の仕事ならそれも技能のうちではある。

「それじゃあ、引き受けてもらえるのかね」

弾正は煮えきらない様子で、麦面にうなずいた。

「はあ、そうさせてもらいます。旦那はそれでいいですか」

「探偵が受けるというなら助手として文句は言えねえよ」

八房は椅子から立ちあがり、麦面へ静かに言った。

「だが、調査を開始するのは、あんたのほうでいろいろな情報が整理できてからだ。今ある情報だけでは動きようがないからな。その用意ができたらまた呼んでくれ」

社長室を出た八房は、ふと何かを思いだしたように弾正のほうを向いた。

「そういや、あれからお前の探偵のランクは上がったのか」

「いやあ、さっぱりですねえ」

弾正は肩をすくめてため息を一つつくと、まるで他人ごとのように八房へ言った。

「ということは、また最低ランクへの依頼というわけか」

社長室のドアを振り返りつつ、八房は表情を厳しくした。

「そう言いますけど、このランクへの依頼も割と多いんですよ。お手頃価格ですからね」

「たしかに脅迫があったとはいえ、実力行使されたというわけではないからな。だが」

八房は目を閉じて顔をしかめながら、やって来たエレベーターに乗りこんだ。

「それにしては、あの麦面とかいう社長の様子が気になる。目の前に大きな不安を抱えているようにしか見えなかった」

「たしかにやけに深刻そうでしたね、あの人」

「だろ。それなのにお前みたいな最低ランクを選んでわざわざ依頼してきたんだ。あの社長が何か隠している可能性は高いぜ」

八房は厳しい表情で一階へのボタンを押した。

「久丸のときのようなこともある。くれぐれも依頼人に気を許すなよ」

「それじゃあ旦那、まずはどう動きますか」

「そうだな」

八房は少し考えてから、弾正に言った。

「せっかくだし、ラーメンでも食いに行くか」

弾正を連れて駅前まで出てきた八房は、周囲を見て腕組みをした。

「ふむ、ラーメン赤李屋(セキリや)に駅理屋(エキリや)、麺屋蝶知不洲(チョウチフス)、それに没狸盗亭(ボツリヌスてい)か。なるほど、是羅亭以外にもラーメン屋が多い町なのだな」

昼食の時間には少し早いので、どこも席はすいているようだ。

「こう店が多いと迷いますね。どこにしますか」

八房は小さなラーメン屋を指さした。

「よし、あそこの武道九斤って店にしよう」

「ほう、ブドウキュウキンですか。なんとなく風格を感じる店名ですな」

八房の示す看板を読んで、弾正がもっともらしい顔でうなずいた。

「こういう場合、看板や店の名前より見るべきところがあるんだよ」

八房は店を指さしたまま、弾正へ言った。

「目に入る店の中で、あそこだけがラーメン会館オープンイベントのポスターを貼っていない。本家是羅亭と敵対しているのか、中立なのかまではわからんが、少なくとも依頼人の影響下にはない店ということだ」

「つまりどういうことで」

「是羅亭について忌憚のない評判や意見が聞けるってことだよ」

弾正の鈍さに少し腹を立てたように八房は言った。

「なるほどね。旦那のことだから、あたしはまたてっきり値段の安さが、見るべきところなのかと思いましたよ」

「まあ、普段はそれも大事だが、今日はお前のおごりだから値段は関係ない。むしろできるだけ高いほうが望ましいとさえ言える」

「ちょっと待ってください。いつ、あたしがおごる前提になったんです」

「お前と飯を食うと決めたときからだ」

「あのう、旦那。あたしよりずっと年上ですよね」

「こっちは借金抱えた無職様だぞ。ゴチャゴチャ言うな」

弾正を理不尽な理由で一喝して、八房は目当てのラーメン屋へと入った。


「えっ、ラーメン会館だって。ああ、うちにも案内は来ているがね、くだらない建物さ」

駅前の小さなラーメン屋、武道九斤の店主は麺をゆでながら、カウンター席に腰をおろしている八房と弾正へ言った。

「会館なんてもっともらしい名前がついているが、実質は本家是羅亭の本社ビルと社員研修センターだからな」

「へえ、この町の名前がついているから、町のみなさんが協力して建てた公共の施設みたいなものだと思いました」

「とんでもない。なんであんなものに協力しなきゃならないんだ」

歳若い店主は、そう言いながら軽く肩をすくめた。

「しかしなんであの社長は、自社ビルに町の名前をつけたんですかね」

弾正が不思議そうな顔で八房へ言った。

「自分の会社のビルなら、店の名前をつけたほうが宣伝になるのに」

「たしかにその通りだな」

八房も首をかしげた。

「どちらが正統な是羅亭かで、本家と元祖が争っているのは、よそ者の俺たちから見ても明白だ。それなら新しい自社ビルに是羅亭の名前をつけて、自分たちが正統な店だとアピールするはずだよな」

「あのさ、お客さん、余計なお節介かもしれないけど、本家でも元祖でも、是羅亭にはあまり関わらないほうがいいよ」

コンロの火力を調節しながら、店主が八房たちに言った。

「ほう、どうやら地元の者は、そこらの事情を知っているようだな」

店主は八房の言葉に笑みを浮かべた。

「あの二軒の看板争いで、この界隈じゃいろいろ面倒ごとが起きていたからね」

予想的中だな。不満そうに是羅亭について語る店主の様子に、八房は心の中でガッツポーズをした。

「そこのところを、もう少し詳しく教えてもらえるかな」

「何者だい、あんたたち」

いぶかしげな店主に、八房は軽く笑いながら答えた。

「なあに、ラーメン食いに来たただの客だ。あんたに迷惑はかけんよ。約束する」

しばらく考えてから、店主は八房にうなずいた。

「いいよ。うちはどちらの是羅亭にも義理はないからな。ただし、くれぐれもうちの名前は出さないでくれよ」


「この界隈がラーメン激戦区になったのは、先代の是羅亭のおかげなんだよ」

「ほう、かなりの名店だったんですねえ」

弾正が感心したような声を出した。たった一軒の飲食店が町の姿まで変えるというのは、たしかにたいした影響力だ。

「ま、世間がラーメンブームだったたってこともあったみたいだけどね」

「先代の店というのはいつごろの話ですか」

店主は天井を見上げてあごに手をやった。

「そうだなあ、もう二十年ぐらい前になるな。俺がまだ幼稚園ぐらいのときに、親に連れて行ってもらった記憶があるから」

「そこからのれんを分けてもらったのが、今の本家と元祖なわけか」

「いや、あの二人が生前に跡継ぎとして認められていたわけじゃない」

店主は軽くため息をついた。

「店を大きくして、従業員を増やした矢先に、先代が急死しちまってね。先代の親類の麦面又郎と十水丁次郎（じっすいちょうじろう）が、それぞれ後継者として名乗りを上げて、それから是羅亭は本家と元祖に分裂したんだ」

「先代に家族はいなかったのか」

腕組みをしながら八房が店主にたずねた。

「いないから、こんな面倒なことになったんだ」

店主は壁にかかっている湯切り用のざるを取りながら、八房へ答えた。

「まあ、そのころは俺もまだ子どもだったから、昔のしがらみについては又聞きだがね」

「そいつがもう二十年もこの界隈では尾を引いていたわけか」

「飽きもせず、よく争いが続いたもんだと思うよ」

麺を湯切りしながら、店主は八房へうなずいた。

「でも最近、その争いに裁判で決着がついてね。本家のほうが勝訴したんだ」

「負けた元祖は、看板を下ろさなければならなくなったわけだな」

「ああ、すぐに『店の名前を変えろ』ってわけでもないらしいが、元祖が控訴するのは厳しいって話だよ。時間の問題ってやつだね」

店主はできあがったラーメンをカウンター越しに八房と弾正へ出した。

「はいよ、ラーメン二つ、お待ちどお」


八房と弾正はラーメンの丼を受け取り、割り箸を箸入れから取った。

「元祖是羅亭というのは大きな店なのか」

「いいや、全国に事業規模を広げた本家とはちがって、元祖はこの町だけで商売をしている小さな店だ。店主の十水以外には従業員もいないはずだ」

「それならたしかに控訴は簡単ではないな。裁判は金も時間もかかるものだ」

「おまけにこの前、元祖是羅亭は火の不始末でボヤを起こして、消火しようとした十水は両手に大火傷（おおやけど）を負っちまったんだ。何かを握るのがやっとという状態で、しばらくは店も開けられないって話だぜ」

「それは踏んだり蹴ったりですね」

ラーメンを前にした弾正が自分の手指を見つめながら、真面目な顔でうなずいた。

「あたしも手が商売道具ですから、共感してしまいますね」

「へえ、あんたも職人さんかい」

「えっ、ええ、まあ、そういう仕事ではあります」

弾正は愛想笑いを浮かべて、あわててごまかした。

「悪いことは重なるもんだよ」

「まあ不幸続きでも、うちの旦那の境遇みたいに笑える話ならいいんですけどね」

「俺の境遇を笑い話にするんじゃねえ」

八房がカウンターを拳で叩いて怒鳴った。

「だが、あんたの話で、かえって事情がわからなくなったぞ」

割り箸を二つに割りながら八房が言った。

「裁判に負けたのならともかく、勝ったのなら新社屋に看板を堂々と掲げるはずだ」

「言われてみればそうですよね」

ラーメンを一口すすって、弾正も首をかしげた。

「なあに、先代とは比べものにならないぐらい事業規模を広げた本家の社長には、もう是羅亭の看板なんか、たいした意味はないってことだよ」

店主は忌まわしげに舌打ちをした。

「裁判は名前を独占することではなく、元祖をつぶすことが目的だった。そもそも元祖の十水が是羅亭の看板に固執していたからこそ、本家の社長は嫌がらせのために自分も是羅亭の看板を掲げたんだよ」

「ううむ、なんとも根性の悪いオッサンですな。うちの旦那といい勝負だ」

麺をすすりつつ弾正がつぶやいた。

「裁判で元祖をつぶしたことで、町を支配したつもりになっているんだよ。新社屋に町の名前を付けたのは、客に対してのアピールじゃない。俺たちに対してのアピールだ」

「なるほど『この町のラーメン屋を仕切っているのは俺だ』と言っているわけだ」

「そういうこと。だれも認めていないがね」

店主はそう言って軽く顔をしかめた。

「元祖の存在だけが、あの社長にとっては目の上のタンコブだったというわけか」

双方の店の規模に大きな差があったことを考えると、今さら裁判まで起こして、完膚(かんぷ)なきまでに元祖を叩きつぶす必要が本家にあったとも思えない。現実的に相手の店が脅威だったというよりは、むしろ積年の私怨が引き起こした裁判だろう。

割に合わない時間と金銭の浪費ではあるが、人の執着や悪意の前で、しばしば論理や理屈がその力を失うことを、八房もまた自身の経験から知っていた。

「つくづく厄介なものだな」

スープに口をつけてから、八房は静かにつぶやいた。理不尽な因業に人生を翻弄されるのは、どこも同じらしい。

「しかし本家の是羅亭は商売こそ上手いが、あまり人望はないみたいだな」

「ああ、表向きは従っている連中も、みんな内心では苦々しく思っているね」

店主は八房にうなずいた。

「本家是羅亭でまともなのは、北中(きたなか)さんだけだ」

「北中さんというのは」

「北中了助(りょうすけ)。本家の厨房のチーフだよ。本家是羅亭の社長も後継者となる息子たちも、事業拡大にばかり夢中で、厨房に立たなくなって久しいんだ。本家の厨房はあの人が取り仕切っているのさ」

是羅亭にあまり良い印象を持っていないこの店主が、そこまで言うのだから、北中という人物は、よほど人望があるのだろう。

「本家が是羅亭の名を名乗れたのも、あの人のおかげだ。先代の味を引き継いでいたのは元祖の十水と北中さんだけで、麦面社長では先代の味は出せなかったと聞いている」

「本家側についた北中さんというのは、本家の社長さんと仲が良かったんですか」

弾正が店主にたずねた。

「いや、本家の社長と仲が良かったというより、元祖の十水が一方的に北中さんを嫌っていたってほうが適切なんじゃないかなあ」

「どうしてなんですかね」

「俺が思うに、あれは職人としての嫉妬だろうね」

店主は目を閉じて、あごに手を当てた。

「たしかに本家の社長より元祖の十水のほうが腕はずっと上だ。しかし北中さんは、その十水よりも腕が上なんだ。十水はなまじ腕自慢の職人肌な男だけに、ライバル意識は麦面より、むしろ北中さんに向けられていたんじゃないかな」

「つまり味でも本家が勝っているわけか」

「俺に言わせてもらうなら、本家があそこまで大きくなれたのは、北中さんを引きぬけたおかげだよ。なんだかんだ言っても、食いもの屋で一番大切なのは味だ」

「看板さえ掲げちまえば、味なんかどうとでも誤魔化せそうなものだがな」

八房のひねくれた発言に、店主は苦笑いした。

「経営規模に差がついた今となっては、お客さんの言う通りかもしれない。でも、分裂直後は、やはり『どちらが味を引き継いだか』が注目されるもんじゃないか」

「それもそうだな」

八房は箸を持つ手を止めた。

「しかしやはり依頼人の意図が気にかかる」

事業規模で大きく凌駕し、裁判でもほぼ勝ちが決まり、ラーメンの味でも上という評判。積年の宿敵への憎悪が理屈ではないのはわかるとしても、麦面が十水をあれほど警戒する理由が見当たらない。

「おそらく、元祖の十水という男は切り札を持っている。本家是羅亭の致命傷になりかねない強力な切り札を」

その切り札を恐れたからこそ、麦面は「３Ｄ」へ仕事を依頼してきたのだ。

「その切り札があるにしても」

なぜ十水はその切り札を二十年間、ずっと使わなかったのだろう。ここまで徹底的に追いこまれる前に使いそうなものだ。

「ごく最近に手に入れたか。あるいは」

八房は厳しい表情で、箸を持ったままの手を額へ当てた。

「本当に最後の最後に相打ち覚悟でしか使えない、十水にもリスクのある切り札だったか」

「ちょっとお客さん、早く食べないと伸びちまいますよ」

「おお、すまない」

店主の一言で我に返った八房は、食べかけのラーメンへ目をやった。

「あれっ」

ドンブリの中には麺とスープしかない。ふと横を見ると、弾正が二人分の具材を載せたラーメンを、悠々とすすっていた。

「まあ、ここのお金を出すのは、あたしですからね」

弾正は八房のほうを見ながらウインクをした。


北中は社長室のドアを軽く叩いた。

「おじさん、私です」

「き、北中か。北中なのか」

「そうですよ」

「そ、そうか、今ドアを開ける」

小さく開かれたドアから、麦面がひどく狼狽(ろうばい)した顔をのぞかせた。

「どうしたんですか、おじさん。急に呼びだしたりして」

「いいから早く中に入れ。大変なことになってしまった」

ドアを大きく開けて社長室に入った北中の目に飛びこんできたのは、元祖是羅亭の主人である十水丁次郎が、社長室の天井にある大型扇風機の羽根に縄をかけて、首を吊っている姿だった。

「こいつは元祖の十水さんじゃないですか」

生まれて初めて見る首つり死体を見つめながら、北中は呆然とつぶやいた。死体の無念の形相よりも、両手の大火傷を隠すための革手袋が、北中にはむしろ痛々しく思われた。

「十水のやつ、裁判でうちに負けた腹いせに、とんでもないあてつけをしやがった」

麦面は青い顔で何度も忌まわしそうに首を振った。

「オープン直前の私の城に、こんなケチがつくなんて最悪だ」

天井の扇風機は派手な飾りものが好きな麦面が施工業者にわざわざ注文したものだ。とても大きなものであるため、基部には人間一人を余裕で吊り下げる強度がある。

あくまで豪奢（ごうしゃ）な雰囲気を出すアクセサリーであり、スイッチを入れれば動くものの、実際に冷房としての効果を期待されているわけではない。

「やれやれ、新社屋のオープン直前に自殺とは、たいした自爆テロですね」

あきれたような、感心したような複雑な表情で北中はつぶやいた。

「おじさん、まず私に状況を説明してください。最初からわかりやすく」

「わ、わかった」

麦面はうわずった声を出しながら、北中にうなずいた。

「一時間ぐらい前だ。こいつから電話で『社長室へ来い』と呼びだしがあったんだ」

「私のほかにだれも呼んでいないんですか」

社長室の中を見回して、北中は麦面にたずねた。

「ああ、お前だけだ。ここへは私一人で来たし、この事実は私とお前しか知らん」

「少し不用心でしたね。この人の目的があてつけの自殺だったからいいようなものの、おじさんを殺すつもりで呼んだ可能性もあったのに」

「ふん、この小心者にそんな度胸はないと思ったからな」

不機嫌そうに吐き捨てる麦面を見て、北中はため息をついた。

「それより、この忌まわしい死体を天井から下ろす手伝いをしてくれ」

「いやいや、おじさん、こいつは手を触れないほうが無難ですよ」

死体へ近寄ろうとする麦面を手で制しながら、北中が言った。

「首つり死体が自殺か他殺かなんて、警察が見ればすぐにわかるそうです」

北中は死体から一定の距離を保ちつつ、冷静に麦面へ言った。

「こうやって首つり状態のままにしておけば、死体の解剖を待たずに、おじさんの潔白がすぐ証明できますからね」

「け、潔白とはどういうことだ」

「ほら『言い争っているうちに、おじさんがつい元祖の旦那をやっちまった』なんて警察に思われたら、かえって面倒でしょう」

麦面を少しでも落ち着かせるため、北中はわざと少しおどけて肩をすくめた。

「裁判に勝ったのは私だぞ。私は勝利者だ。こいつを殺す理由などない」

麦面がヒステリックな叫び声を上げた。落ち着かせようという北中の心遣いは、どうも逆効果だったらしい。

「警察を呼ぶのは許さん。記念すべきオープニングイベントが台なしになってしまう」

北中に詰め寄りながら、麦面は一方的に言葉を続けた。

「それよりだれかに見つかる前に、私の車のトランクへ死体を隠すんだ。そして夜になったら、山の中かどこかに持って行って死体を埋めてしまおう」

「やめてください、現場をこのままにして、正直に言ったほうが絶対にいいですよ」

死体を下ろそうとする麦面を止めるため、二人がもみ合っていると、麦面の上着の中から「遺書」と書かれた封筒が落ちた。

「あっ、十水さんの遺書じゃないですか。これも警察に見せなきゃ」

「おい北中、それに触るんじゃない」

床に落ちた封筒へ手を触れようとした北中を、麦面が大声で怒鳴りつけた。麦面のあまりの剣幕に、北中は思わず手をひっこめた。

「この忌まわしい遺書は、私が処分しておく」

麦面はあわてた様子で封筒を手に取った。

「十水は自殺ではなく失踪したことにする。私は無関係だ。ここでは何も起きなかった。この先の是羅亭には後ろ暗いことなど、何一つあってはならんのだ」

「警察も周囲もそうは思いませんよ」

冷静にそう言うと、北中はため息を一つついた。

「おじさんと元祖の旦那が憎しみ合っていたのは、みんな知っていますからね。この人が死んだり、行方不明になったりしたら、まず疑われるのはおじさんです」

「それではどうすればいいのだ」

「だから素直に警察を呼びましょうよ。それが一番です」

駄々をこねる子どもを諭すように北中は麦面へ言った。

「警察など絶対に呼ばんぞ。まったく、この男はどこまで私を悩ませ続けるのだ」

椅子に腰をおろして、頭を抱えてうなる麦面を見つめているうちに、北中の心には、この自分勝手な男への強烈な嫌悪感が浮かんできた。

「この人を悩ませ続けたのは、あんたのほうでしょう」

「なんだと」

麦面が顔をあげた。

「本当なら正式に店を継ぐのはあんたじゃない。元祖の旦那のほうだった。腕だけならあんたよりずっと上でしたからね。この町のどの店も知っていることです」

麦面が凄まじい憎悪をこめた目で北中をにらみつけた。だが、北中はそんなものは意に介さず淡々と言葉を続けた。

「もちろんサクラを使った口コミや、マスコミを利用した派手な宣伝で客を集め、チェーン店方式で是羅亭の名を全国規模にした手腕は認めます。でもあんたは本物じゃない。先代から何一つ受け継いでいない紛いものだ」

麦面へそう言うと、北中はぶら下がっている十水の死体へ気の毒そうに目をやった。

「そりゃあたしかに、この人はラーメン作り以外に能がなかったし、あんたに比べりゃ頭もあまり良くなかった。でも、若いころから劣等感にさいなまれていたのは、むしろあんたのほうだった」

「北中、それ以上言ったら本当に許さんぞ。勝者は私だ。私なんだ」

「味ではなく、金に飽かせた汚い裁判でライバルを蹴落として、大はしゃぎしているあんたのどこが勝者なんですか」

しばらくの沈黙ののち、麦面が押し殺すような声で北中へ言った。

「お、お前は私にきれいごとが言える身分なのか」

麦面は震える手で北中を指さした。

「私の片棒を担いで、この男を追いこんだのはお前じゃないか」

今まで饒舌だった北中が思わず言葉に詰まった。

「火の不始末に見せかけて、こいつの店に火をつけたのはお前の仕業だ。お前のせいでこいつは職人の命である両手に大怪我をしたんだ」

「それはおじさんの指示で仕方なく」

「だまれ、実行したのはお前だ」

麦面は北中を指さして、荒々しく椅子から立ちあがった。

「そうだ、お前がこの男を殺したようなものだ」

「ちょっと、落ち着いてくださいよ、おじさん」

「うるさい、そもそも是羅亭の身内でもなんでもないお前から、おじさんなどと呼ばれる筋合いはない」

やり場のない感情をぶつける対象を見つけた麦面は、理不尽に北中を怒鳴りつけた。

「肝心の時に役に立たないこんな恩知らずなら、先代の隠し子の面倒なんか見るんじゃなかった。ただの厄介者じゃないか」

北中了助という人間が一線を越えて殺人者になる理由など、その一言で充分だった。


一通りの後始末を終えた北中がビルの入り口にあるロビーへ行くと、見慣れない三人組がロビーのソファーに座っていた。

「まだここはオープン前です。従業員以外はお引き取りください」

北中は丁寧に三人へ告げた。

「俺たちは関係者だよ。ここの社長に雇われた探偵だ」

ピンクのズボンを穿いた年長の男がぶっきらぼうに言った。

「探偵ですか、あなたが」

「はい、あたしが探偵の助手の八房の旦那です」

弾正と名乗った男は横にいるピンクのズボンの男を示しつつ、愛想よく北中へ言った。

「では、そちらの女性も助手ですか」

「いいえ、私はこの二人の身元引受人で、鍋島といいます」

「身元引受人ですって」

「なに、ちょっと警察の世話になっただけだ」

八房がこともなげに言った「警察」という単語で、北中の背中に冷たいものが走った。

「社長からの依頼が原因で起きたトラブルですか」

「いや、仕事とは関係なく、ラーメン屋でちょっとな」

八房は頭をかいた。

「実はこの二人が駅前のラーメン屋で乱闘騒ぎを起こしたんです」

「えっ、乱闘ですか」

あまりにも派手なピンクのズボンに気を取られていて気づかなかったが、よく見ると男二人は、あざや擦り傷をあちこちに作っていて、服も汚れている。

「先輩、さすがに今回は私もちょっと情けなかったですよ」

恥ずかしそうに鍋島が八房へ述べた。

「こいつが悪いんだ。このバカが俺のチャーシューやメンマや煮卵を取ったから」

八房は苦々しげに弾正のほうを見た。

「ホウレンソウは旦那に残してあげたでしょう」

「ポパイじゃあるまいし、それで納得できるか」

「とにかくラーメンの金を出したのはあたしですからね。その程度のことで、旦那にとやかく言われる筋合いはありませんよ」

弾正がそっぽを向いて、不機嫌そうに言った。

「お前がおごってくれるということで、あの店に入ったんじゃないか」

「それは旦那が勝手に言いだして決めたことでしょう」

「ええい、うるさい、男が言い訳するな」

醜く罵り合いながらつかみ合いの喧嘩を始めた男二人の首を、鍋島は無言でつかむと大鷲が野兎を仕留めるように、二人まとめて床にねじ伏せた。

「先輩も弾正くんも、いい加減にしないと、へし折りますよ」

「えっ、なにをへし折るの、鍋島くん」

「聞きたいですか」

虫けらを見るような冷たい目をしながら、鍋島が低い声で言った。

「いや、やっぱり結構です」

ほぼ同時にか細い声で八房と弾正がそう答えると、鍋島は明るい笑顔になって、二人を押さえつけている手を離した。

「それじゃあ、私はこれで自分の仕事に戻ります。二人で仲良く調査してくださいね」

鍋島が出てゆくと、八房と弾正は同時に大きなため息をついた。

「まったく相手は有段者とはいえ、男二人が女性一人にかなわんとは情けない」

「あたしは非力でいいんですよ、荒事担当じゃなくテクニック担当ですから。でも旦那は元刑事で有段者でしょう」

「長いこと碌にメシを食ってない上に、体も鈍(なま)っているからな」

「やっぱりホウレンソウでも食べたらどうです」

「だから俺はポパイじゃないと言うに」

八房は軽く舌打ちした。


「とりあえず社長にこの件を報告していただかなければなりませんね」

北中にそう言われて、八房と弾正が同時に顔をしかめた。

「こんなことを聞かされて、社長はいい顔はしないでしょうが、黙っていると、あとでややこしいことになるかもしれません」

そう言って、北中は二人を先導するように歩きだした。北中にとって、この間の抜けた探偵たちは、事件の発見者にはぴったりに思われた。

「そういや、あんたは何者だ」

八房が面倒くさそうに、社長室へ先導する北中にたずねた。

「私はここの従業員の北中了助という者です」

北中は立ち止まって振り向くと、八房に自分の社員カードを見せた。

「ああ、あんたが北中さんですか」

弾正が手を叩いた。

「腕の良い職人とお聞きしましたよ」

「えっ、どこで聞いたんですか。そんな話」

「それはもちろん駅前の武……」

武道九斤の店主との約束を忘れて、つい口を滑らせそうになった弾正の口を、八房はあわてて押さえると、押し殺した小声で言った。

「余計なことは言わないでよろしい」

社長室の前まで来た北中は、自分の背後に立つ八房と弾正に社長室の中がよく見えるよう、わざと大きくドアを開けた。

「社長、北中です。入りますよ」

ドアを開けた北中は、間髪を入れず思いきり目を見開いてうめき声をあげた。

「大変です。人が死んでいます」

「わざわざ大声で言われなくても、見ればわかる」

淡々とした口調で言いながら、八房が部屋の中に入った。

「どいていろ。床に倒れている社長には、まだ息があるかもしれん」

八房は北中を押しのけて、倒れている麦面の横へ行き、脈を調べるため手を取った。

「むむっ、これは」

麦面の手を取った瞬間、八房は眉間にしわを寄せて低くうなった。

「えっ、どうかしましたか、探偵さん」

まさか麦面にまだ息があるとでもいうのか。思わず北中は身を乗りだした。

「この社長、服の袖口が汚い」

八房の言葉を聞いて、身構えていた北中の体から思わず力が抜けた。

「ど、どうでもいいでしょう、そんなこと」

「まあ、毒々しいピンクのおズボンを穿いている人に、身なりのことをとやかく言われる筋合いはありませんよね」

北中の横にいた弾正が小声でつぶやいた。

「それより社長の脈はどうなんですか」

「脈なら完全に止まっているぜ」

北中にそう告げると、八房は麦面の鼻と口の上に手をかざして、さらにまぶたをこじ開けて瞳孔を見た。

「心停止、呼吸停止、瞳孔散大。依頼人の蘇生を試みるだけ無駄だな」

八房は冷徹にそう告げると、そのまま麦面の死体を観察した。鬱血（うっけつ）した顔に苦悶の表情を浮かべた麦面の首に、パソコンの電気コードが巻きついている。死因は絞殺だろう。

「しかしまいったな。だれが今回の依頼料を払ってくれるんだ」

「首つりのほうはどうですか、旦那」

弾正に言われて首つり死体を少し調べた八房は、軽く首を振った。

「こっちも完全に死んでいる」

八房は目を閉じて、調べ終えた二つの死体にそれぞれ手を合わせると、親指で首つり死体をさして、入り口に立つ北中にたずねた。

「あんた、この首つりの仏さんに心当たりは」

「はい、元祖是羅亭の経営者である十水さんです」

「なんてこった、本家と元祖の経営者が二人とも死んじまったわけか」

八房はなんとも言えない表情で肩をすくめた。

「おい、現場でボケッとするな。お前のヤマだろうが」

八房は、北中のすぐ横でぼんやりとこちらを見ている弾正を怒鳴りつけた。

「とりあえず警察へ連絡しておけ。それと救急車も呼べ。まあ無駄だとは思うが、呼んでおかないと、後でうるさく言われるかもしれん。公務員ってやつは面倒くさいからな」

「わかりました、旦那」

弾正が携帯電話を取りだして部屋の外へ行くと、八房は社長室の机の上にあるノートパソコンへと視線を移した。

「凶器の電気コードはあのパソコンのものかな」

「そうだと思います。コードが取れていますから」

八房はパソコンの前まで行き、画面をのぞきこんだ。

「ふむ、パソコンに十水の遺書らしきものが残してあるな」

「本当ですか」

北中の問いに、八房はうなずいた。

「ああ、遺書と言っても短いものだ。『麦面のせいで人生のすべてを否定された。自分はもう生きている意味がなくなった。だが、どうせ死ぬのなら、この卑劣な男を道連れにして死ぬことにする』とある」

画面の文字を読み終えると、八房は難しい顔で腕組みした。

「価値観なんか人それぞれとはいえ、相手を殺して自分も死ぬほどの理由かね」

「いいえ、あり得ると思います」

北中は二つの死体から目をそむけるようにしながらつぶやいた。

「うちの社長のせいで、十水さんは精神的にかなり追いつめられていましたから」

八房が横目で北中をにらみつけた。

「この惨事が、自分のところの社長に原因があることを否定はしないのか」

「はい、それが事実ですから」

北中は沈痛な面持ちを作ってうなずいた。

「こんな結果になってしまった以上、なにもかも正直に言うしかありませんよ」

緊張を隠せないおかげで、逆に説得力を出せた。北中は心の中でほくそ笑んだ。


一通り現場を調べ終えた八房は、天井からぶら下がっている十水の死体を見ながら頭をかいた。

「最初から、ここの社長を自殺の道連れにするつもりだったということは、十水が手袋をしているのは、指紋を残さないためではなさそうだな」

「はい、十水さんは最近、手を火傷したそうなので、それを隠すためだと思います」

「となると、コードで首を絞めるだけの握力があったか、少し気になるな」

「自分の手にコードを巻きつけて固定すればいいんですよ」

それぐらいの疑問は想定内だ。北中は冷静に八房へ答えた。

「それなら手を怪我していても首は絞められると思います」

「ふむ、なるほどね」

八房は少し考えると、十水の首つり死体の前へ行き、部屋の外へいる弾正へ声をかけた。

「おい弾正、警察と救急への電話が終わったなら手伝え。首つり死体を下ろすぞ」

「待ってください、十水さんの死体はそのままにしておきましょう」

あわてて北中が八房へ言った。

「現場を荒らすと警察がうるさいですよ」

「だが、こいつが社長を殺した殺人者だというなら、もっとよく調べたほうがいい」

「それは警察の仕事です。素人がうかつに死体を動かしたら、十水さんが自殺か他殺か判別できなくなるかもしれません」

北中は必死に八房に訴えた。

「警察が見れば、十水さんの死体の状態から、本物の自殺か偽装された他殺か、正確に証明できるでしょう。それまでは動かすべきではありません」

「そんなに強固に反対されるとは思わなかったな」

八房は小声でつぶやきながら、十水の死体から離れた。

「殺人現場を荒らそうとしている人を見たら、普通は強固に反対します」

冷静に現場を調べていたかと思えば、いきなり現場を荒そうとする。この八房という男の行動は、北中にはどうも理解しかねるものであった。

「さあて、この状況。どう見るべきかね」

八房が惨事の現場となった部屋の中央で、腕を組み仁王立ちしていると、弾正が八房のすぐ横へ来て、耳打ちをした。

「旦那、ちょいと気になるものがあったので」

「あったので、どうした」

「ええ、旦那の上着のポケットに」

「ああそうか、なるほど、わかった」

八房は自分の上着のポケットへ手をやってうなずくと、北中へ手を振りながら言った。

「ちょっと便所に行ってくる」

「もう水道は使えますから勝手にどうぞ。部屋を出て右の突き当たりです」

いら立ちを隠せない口調で北中が部屋の外を指さした。

しばらくして現場に戻ってきた八房は腕を組み、もう一度、社長室のあちこちへ目をやって、しばらく考えていたが、やがてゆっくりと北中のほうを見た。

「なあ、よくドラマの悪者の台詞（せりふ）で『一人殺すのも、二人殺すのも一緒だ』ってあるよな」

「えっ、はい。聞いたことがあります」

「あれってどう思う」

「どう思うと言われましても」

困惑している北中へ向かって、八房はさらに言葉を続けた。

「人の命を単純な数量で判断したくはないが、普通に考えたら、やはり一人より二人殺したほうが罪は重くなるよな。二人殺せば死刑はまず確定だ」

「それはまあ、そうでしょうね」

「そいつを理解しているなら話は早い」

八房は北中を指して、おどろくほど普通の口調でこう言った。

「麦面社長を殺したのはあんただよな」

「い、いきなりなにを言っているんですか」

「あんたは部屋に入る前から、社長が死んでいることを知っていた。そうだろう」

「なぜ、そんなことが言いきれるんですか」

八房は笑みを浮かべて、ドアを叩くジェスチャーをしてみせた。

「部屋へ入るときは、ノックを忘れちゃいかんな」

「ノックですって」

八房はうなずいた。

「最初に麦面社長と会ったとき、俺たちもノックについてうるさく言われたよ。初対面の相手に対してもそうなんだから、部下に対しては、もっと徹底していたはずだよな」

「そ、それが根拠ですか」

どうにか気を取り直した北中は、可能な限り冷静をよそおいつつ八房へ言った。

「証拠はあるんですか。ノックをしなかったなんて状況証拠にもなりませんよ」

「ふむ、証拠か」

八房は少し考えてから、顔をあげて北中へきっぱりとこう言った。

「ないな」

思いがけない返事に唖然となった北中へ、八房はさらに言葉を続けた。

「まあ、俺の前でそうやってすっとぼけるのは勝手だがね。十水に罪をなすりつけるのは百パーセント不可能だ」

憐憫の目で八房は北中を見つめた。

「それどころか、あんた、このままじゃ二人殺したことにされちまうかもな」

「どういうことですか」

「言葉のままだよ。警察がここへ来たら、麦面社長だけではなく、十水まであんたが殺したことにされちまうかもしれないってことさ」

八房はこともなげに北中へ言った。

「首つりの死体を調べたら、すぐにわかったよ。十水は自殺じゃない。殺害されて自殺のように偽装されたんだ」

「どうしてそんなことが、あなたにわかるんですか」

「わかるさ。俺はこれでも元刑事なんだぜ」

八房のこの一言で、北中が一気に顔色を失った。

「ロープによる索条痕、つまり絞め痕がほぼ平行だ。立った状態で背後から首を絞められて、あとから吊るされた証拠さ。首を吊ると索条痕は斜めになるのが普通でね」

八房は指で自分の首にロープのラインをなぞりながら、北中に説明した。

「まあ警察が来て、専門家が詳しく検死すれば他殺で確定するだろう」

そこまで言ってから、八房は肩をすくめて、こうつけ加えた。

「もっとも、こんな知識を披露しなくても、十水が麦面社長を殺害した犯人ではないことなんて、素人でも部屋に入った瞬間にわかるけどな」

「ど、どうしてそんなことが言えるんですか」

「それは簡単。凶器の問題だ」

麦面社長の死体を指して、八房はあっさりと言った。

「首つりのロープを用意してここへ来た人間が犯人なら、パソコンのコードを凶器に使うはずがない。持参したロープで麦面を殺してから、自分の首を吊ればいいだけの話だ」

言われてみればその通りだ。北中は思わず息をのんだ。

「それができなかったということは、麦面社長が死んだとき、もうロープは使えない状態だった。すなわち天井から十水の体を吊っていたということだよ」

「でも、それは十水さんが自殺したわけじゃないという証拠であっても、私が殺したという証拠ではないはずです。私が殺した証拠はあるんですか」

「だから『ない』って言っただろうに」

八房は小指で耳をほじりつつ飄々と言葉を続けた。

「たしかにあんたが犯人という証拠はない。だが根拠はあるんだ」

「こ、根拠ですって」

「ああ、これが十水殺しの犯人があんただと、警察が判断するに足る根拠だよ」

八房は上着のポケットから封筒を取りだして、北中に見せた。

「そ、それは十水さんの遺書。どうしてあなたが持っているんですか」

「それはあたしの企業秘密です」

弾正が手をあげて、北中へ言った。

「その様子では、あんたはまだ中を読んではいないようだな。たしかにこいつは遺書だ。しかし十水の遺書じゃない。別の人間の遺書だ」

「だれの遺書なのです」

「是羅亭の先代の遺書だよ」

思いがけない八房の答えに北中が絶句した。

「こいつのおかげで俺の中の、ひっかかりが消えた。追い詰められた十水が、麦面に突きつけた切り札とはこれだったんだ。あんたのところの社長はこれを警戒して、俺たちに仕事を依頼して来たというわけさ」

八房は自分の頭を指さしながら言葉を続けた。

「内容をかいつまんで説明すると、あんたが先代の子であることを認め、あんたを是羅亭の正式な後継者にするという内容が書いてある。十水は先代からこいつを預かっておきながら、あんたへの対抗心から、この事実を二十年間、ずっと隠していたわけだ」

八房は先代の遺書を注意深く上着のポケットへ入れた。

「たしかに麦面には致命的な代物だが、十水にとっても先代の信頼を裏切った後ろめたい切り札だ。破滅寸前まで叩きのめされて後がなくなるまでは、使うに使えんよな」

「なんですって、そんな、あの人が、嘘だ、そんなこと」

蒼白な顔の北中が、あえぐように言葉を絞りだした。

「あんたのこれまでの人生や価値観がひっくり返りそうなショックらしいってのはわかるが、感傷に浸るのは後にしてくれ。今ここで重要なのは、こうして存在する遺書が、あんたにとって非常にまずいということだ」

「ど、どういうことですか」

「この先代の遺書は、あんたの殺人の根拠であると警察に見なされる」

北中は青い顔をしながら首を横に振った。

「そんな、私はこんな遺書のことなんか知りません」

「警察はそうは思わんよ。遺書がある限り、麦面と十水の二人を殺害するのに、これほど強い動機を持った人間はいないと言ってもいい」

「ちがう、私は十水さんを殺していない、本当です」

愛情、憎悪、不安、悲しみ、そして絶望。ありとあらゆる感情が奔流のように押しよせる中、北中はそれだけを大声で叫んだ。

「そうだな、あんたが十水まで殺したというのもおかしい」

八房はゆっくりとうなずいた。

「俺たちが十水の首つり死体を下ろそうとしたとき、あんたは『現場が荒れては、自殺かどうかを判別できなくなる』と、あわてて反対した。もしあんたが十水を殺した犯人なら、乱入者に現場を荒らされるのは、むしろ好都合のはずだ。つまり」

八房は北中を見つめた。

「あんたは十水が本当に自殺したと思いこみ、その状況を利用しようとしていたということだ。だから麦面社長は殺したとしても、十水までは殺害していない」

「それでは十水さんを殺害したのはだれなんですか」

自分の計画が破たんしたことすら一瞬忘れて、北中は八房にたずねた。

「十水さんは他殺なのでしょう、だれがそんなことをしたんですか」

「そりゃあ、そこで首にコード巻きつけて死んでいるオッサンだろ、やっぱ」

八房はあごで麦面の死体を示した。

「十水の切り札で一番ダメージが大きいのも、十水を一番憎んでいたのも麦面だ。普通に考えりゃそれ以外にない。こうして死んでいなければ最有力の容疑者だよ」

八房の話を聞きながら、北中はここに呼ばれてから自分が麦面を殺すまでのやり取りを思いかえした。そう、たしかに言われてみれば、自分の目の前で遺書をポケットから落としたときの麦面の行動は不自然だった。

「あはは、それで警察には他殺か自殺かなんてすぐにわかると私が言った途端、死体を山に埋めてしまえ、などと言いだしたわけか。あはは」

北中はいきなり笑いだすと、力なくその場にしゃがみこんだ。

「それはどういうことだ」

「いや、なあに、この人もあんたと同じように、十水さんの首つり死体を天井から下ろそうとしたんですよ。それで私は言ったんです。『首つりが自殺か他殺かなんて、警察が見ればすぐにわかるから、死体はいじらないほうがいい』ってね」

　北中は泣き笑いの顔で八房に語った。

「そうしたら、この人はいきなり『警察なんか呼ぶな、死体を山へ埋めて隠せ』と言いだしたんですよ」

「それは本当なのか」

　北中に問いかける八房の表情が、ほんのかすかに鋭さを増した。

「本当ですとも。この人は最初、十水さんの自殺でことを片付けるつもりだったんでしょう。でも首つり自殺がそう簡単に偽装できるものではないと、私から聞かされて、あわてて計画を変更したんだ。あっはっは、それであんなに行動が唐突で支離滅裂だったんだ」

　八房は力なく笑い続けている北中を鋭くにらみつけた。

「認めるのかね。あんたが社長を殺したことを」

「ええ、認めますとも。私が社長を殺しました。十水さんの遺書を社長のパソコンに偽造したのも私です。同じく逮捕されるなら自分の罪で逮捕されますよ。こんな男の犯した罪を被るのだけは御免ですからね」

　自嘲の笑みをうかべながら北中は八房へ言った。

「しかし皮肉なもんですよ。先代が生きていたとき、私は一度も息子として扱ってはもらえなかった。でも最後の最後で私を息子と認めて残してくれた遺書が、二十年も過ぎてから私を窮地に追いこむとはね」

八房はその言葉には答えず、落ち着いた口調で北中にこう告げた。

「十水が他殺なのは検死で確定できても、だれが殺したのかをしめす証拠はない。あんたの置かれた状況は厳しいと言わざるを得ないぜ」

「なんとかならないのでしょうか」

八房は気の毒そうに首を振った。

「もちろん俺が気づいたことは正直に警察に言うつもりだ。だが、俺の力だけではあんたを救えない。あんた自身が、自分の見たこととやったことを正直に、そして正確に警察に伝えることだね。そうすればもっと精密な科学捜査で、麦面の殺人を証明する証拠が見つかるかもしれないからな」

神妙な口調でそう言い終えると、八房は北中に背を向けて口元に笑みを浮かべた。


それから間もなく警察が到着して、本格的な捜査と事情聴取が始まった。北中が即座に麦面の殺害を白状したこともあり、弾正と八房からの事情聴取は後回しにされ、二人は警察の指示に従い、別室で待機した。

「弾正、どうして北中が遺書を持っていると気づいた」

「はい、旦那がパソコンの遺書を見ているとき、あの人の目が不自然におよいで、内ポケットのあたりへ手をやっていましたからね。少し気になったんですよ」

そう言って、弾正は人さし指をカギ形にした。

「だからその指はやめろ」

探偵としての能力はともかく、スリの技術と懐中への観察眼には満点をやらざるを得ない。

八房は小さく舌打ちをした。

「だがまあ、お前が抜き取った遺書が役に立ったのも事実だ」

「へへっ、あれが決定的な証拠になって、北中を落としましたからね」

得意げな弾正を見て、八房はあきれたように軽くため息をついた。

「やれやれ、やはりこんな調子では、もうしばらくは最低ランクの探偵のままだな」

「どういうことなんですか、旦那」

「どこまで行っても根拠は根拠、証拠は証拠だ。根拠が証拠の代わりにはならんよ。先代の遺書を警察が見れば、北中を『容疑者』と認識するだろう。しかしそれだけであいつを『犯人』と確定はできない」

八房は肩をすくめた。

「北中は気づかなかったようだが、状況はむしろ逆だったんだ。麦面を殺害したのが北中だという物的証拠はないが、麦面が十水を殺害した物的証拠なら存在したのだからな」

「どうしてそんなことが言えるんですか」

「もちろん現場を調べて見つけたからだが、北中の話からだけでも簡単に推測できる。麦面は北中に、十水の首つり死体を下ろさせようとした。そう北中は言っていただろう」

「はい、言っていましたね」

「ちょいと犯人の立場で考えてみろ」

「二人いる犯人のうちのどちらですか」

「麦面のほう」

「ふむ、あの社長さんの立場ねえ」

弾正が腕組みをして首をかしげた。いかにも真剣に考えているようだが、下手の考え休むに似たり。こいつの回答を待っていたら夜中になる。八房は小さく舌打ちして、弾正からの答えを待たずに説明を始めた。

「首つりの偽装が無駄だと北中から指摘された後に、計画変更して死体を隠すため、天井から下ろそうとしたのはわかる。だが、それを指摘される前に、麦面は十水の死体を天井から下ろそうとした。その理由はなんだ。そんな必要はないだろう」

「言われてみればそうですね。どうしてなんでしょうか」

弾正が腕組みを解いて、八房にたずねた。

「一人で成人男性の死体を天井から吊るすのは大仕事だ。麦面は天井の扇風機という、普通に生活していれば触れるはずのない場所に、うっかり触れちまったのさ」

「つまり指紋を残したんですか」

「指紋なら拭き取ればいい。もう少し厄介なものだ」

「だからそれはなんです、旦那」

八房は自分の服の袖口を指さした。

「袖口の汚れだよ。麦面の服には機械のグリスがくっついていた。あれはおそらく天井の扇風機のものだ」

それを聞いて、弾正が思わず手を叩いた。

「ああ、それで旦那は自分の恥ずかしく異様な身なりを棚にあげて、死体の服の汚れを気にしていたんですな」

「すっとぼけているくせに、いちいち言葉に悪意があるんだよ、お前は」

八房は弾正を一発ひっぱたくと、説明を続けた。

「ま、とにかくだな、麦面は扇風機のグリスが服についている理由を作らなければならなかったんだ。だから北中に自分が扇風機に触れる場面を見せようとしたのさ」

「旦那はそれに気づいていながら、北中さんには黙っていたんですか」

「そういうこと。さらに俺は根拠と証拠をわざと混同させて、あいつに説明した。北中が警察に自白するように誘導したんだよ」

「要するに、まともにやり合ったら北中を切り崩せないから、ハッタリで押し切ったということですよね。それ」

「まあ、簡単に言えばそうなるかね」

「なんと言いますか、旦那の手口ってせこいですね、やっぱ」

「フン、野良犬の使える武器なんて、数えても片手の指でさえ余るほどしかないんだ。使えるものなら汚い手でも使うさ」

八房は頭の後ろで腕を組んで天井を見上げた。

「今の俺は指紋一つ満足に得られん。野良犬ってもんはつくづく不自由だ。だが、首輪のついた猟犬には使えない武器も使える。そこだけは案外と面白い」

八房はそのまま目を閉じた。

「人の愛憎は理屈や数字で測りきれるものじゃない。だからこそ理屈だけでは突破できない壁も、愛憎の力を借りることで突破できる。覚えておけ」

「殺すほど憎んだ相手の罪を被るのは、さすがに耐えがたいでしょうからねえ」

弾正が遠くを見るような目でつぶやいた。


「しかし結局、今回の依頼はどういう扱いになるんだ」

「調査開始前とはいえ、我々が警察の厄介になっているうちに監視対象から目を離して、その結果として依頼人が殺されたわけですから、やはり失敗じゃないんですか」

「まあ、そうなっちまうよな。被害者と加害者の因果関係が少しややこしいが」

「あの社長、最初から元祖の人を殺すつもりだったんですかねえ」

「ロープまで用意していたんだ。そのつもりだったんだろうよ。きっと『裁判の結果をとりさげる』とか言って、十水に遺書を持ってこさせたんだろう」

久丸のときと同じく依頼人こそが、加害の意思を持っていた。だから最低ランクのヘボ探偵を都合のいい目撃者にしようとしたのだ。

しかし今回は八房たちを利用しようとした矢先に、二人が思いがけず警察の世話になったため、目撃者としての役目を北中が果たすこととなり、結果としてそれが依頼人の生命を断つことになったのである。

「しかしアレだな、最低ランクの探偵ってやつは、まるで狐罠に仕掛けられたネズミの天ぷらだな」

「なんですか、そりゃ」

「悪党が匂いを嗅ぎつけては、すり寄ってきやがるってことさ」

八房は両手の指をトラバサミに見立てて曲げると、勢いよく組み合わせた。

「天ぷらに食いつけば、そのままガッチーンだ」

「旦那、変な喩(たと)えはやめてくださいよ」

のんきな弾正もさすがに嫌そうな顔をした。

「だが否定はできまい。俺という付加価値がついていながら、お前が最低ランクのままなのがその証拠だぜ」

おそらく「３Ｄ」は、麦面からの依頼がこのような結末になることを、ある程度予測していたからこそ、最低ランクとはいえワイルドカードとなる可能性を秘めたこのコンビを派遣したのだろう。探偵派遣組織「３Ｄ」。なんとも食えない組織である。

そんなことを八房が考えていると、鍋島が部屋に入ってきた。

「よう、仕事へ向かった矢先のとんぼ返りで悪いな」

首だけを部屋の入り口に向けて、八房が言った。

「警察沙汰が起きたら仕方ないですよ。私が二人の身元保証人なんですから」

鍋島は軽いため息をつきながら言った。

「でも事件のほうは、早々と解決したみたいですね。さすがです」

八房は得意げに軽く鼻を鳴らした。

「犯人が二重に存在していた上に、その場しのぎのアドリブだらけの事件だったからな。ロジカルな思考より、むしろ想像力を使ったよ」

「それはそうと先輩にお渡しするものがあります」

「なんだ、お駄賃にキャラメルでもくれるのか」

八房は両手を差しだした。

「ちがいますよ」

鍋島はため息をついて、バッグから一枚の紙を出すと、八房へ渡した。

「ラーメン屋さんで二人が乱闘したときに壊したものの請求書です」

「なんで俺に渡すんだよ。依頼中のトラブルは助手ではなく探偵の責任だろう」

「暴れて店を壊したのはほとんど先輩だったと、武道九斤の店主さんが証言しています」

「たしかにあたしは一方的に旦那の攻撃を防御していただけです」

先ほどまでの得意げな様子から一転して、呆然となった八房の横で、弾正が何度もうなずいた。

「いやはや、高くついたラーメンでしたねえ、旦那」

「ええと、つまりどういうことだ」

「わからないんですか、先輩」

「うむ、俺の脳が理解を拒否している。これを理解したら、おそらく泣いちゃうと思う」

「『3D』が弁償を肩代わりしたことで、先輩の借金が増えたということです」

あくまで冷徹に鍋島が述べた。

「いやいやいや、それおかしい、絶対おかしい」

八房ははげしく首を横に振った。

「俺は活躍したよね。割とカッコよく殺人事件解決したよね。なんで借金が増えるの」

「でも依頼的には失敗で、ギャラも出ていないんです」

パニックを起こしている八房と、冷静な鍋島のやり取りの様子を、少し離れたところで見ながら、弾正がうんざりした顔でため息をついた。

「ふう、なんだか長いつきあいになりそうだ。先が思いやられるね、ホント」

ポンコツ探偵、捜す

「どうも、お初にお目にかかります。屁之頃山電子産業営業部、正社員予備人員の八房文次郎ともうします」

久しぶりのスーツを身にまとった八房文次郎はそう言いながら、卑屈なほどうやうやしく、担当者へ名刺を渡した。

「はあ、それはどうも」

八房の名刺を受けとった担当者は眉をひそめ、首をかしげた。

「屁之頃山電子産業ですか。失礼ですが聞いたことがないメーカーですね」

「ややっ、なんと、屁之頃山電子産業を御存じない」

八房は目を見開くと、歌舞伎役者のような大げさな身振りで驚いてみせた。しかし担当者は、八房の仰々しい動作など歯牙にもかけず、平然とうなずいた。

「はい、知りません。御社は具体的にどのようなメーカーなのでしょうか」

「えっ、いや、その、具体的にどのようなメーカーと言われましても、ええと、その」

八房はしばらく宙に目を泳がせ、青い顔で汗をかいていたが、やがて意を決したようにうなずくと、力強く両手で机を叩いて立ちあがった。

「た、たしかに今のところは無名のメーカーかもしれませんが、これからが有望な会社です。そうだ、今のうちに我が社の株を買っておくといいかもしれませんぞ」

「結構です。それより本日はどのようなご用件で」

担当者は手にしていた八房の名刺を、汚らしいもののように机の上に放りなげると、冷たい口調でたずねた。

「おお、そうでしたな。本題に入りましょう。本日はそちらに我が社の大ヒット製品を見ていただきたく、推参いたしました」

八房は媚びた笑顔を顔に貼りつけながら、持参したバッグの中から、横倒しになった銀色の円筒がついたあやしげな機械を取りだして、机の上へと置いた。

「これぞ屁之頃山電子産業の『オート焼き芋ピーラー』です」

「で、これはどのような機械なのですか」

「えっ、こ、この機械は焼き芋を、その、ええと、どうするんだったかな。そうだ、カタログを持ってきたんだった。しばし、お待ちを」

八房はバッグの中から、セロハンテープでところどころ補修してある薄汚いカタログを取りだすと、指にツバをつけて「オート焼き芋ピーラー」のページをめくった。

「ふむふむ、ほうほう、なるほど、うん、わかりましたぞ。この機械は十秒に一本という高速で、アツアツの焼き芋の皮を自動で剝くという優れものなのです」

「はあ、焼き芋を剝く機械ねえ」

腕組みをしながら八房の持ってきた機械を見つめる担当者の目は明らかに、燃えないゴミを見るときのそれになっていた。

「さよう、理系の社員が高等数学をもちいて計算したところ、この機械を使用することで、なんと一分間で、六本もの焼き芋が剝けるということが判明したのです」

「いや、その計算は小学生でもわかりますからね。あと、そんな大量の焼き芋を一度に剝く機会なんて、一生ないと思いますけど」

担当者は八房をにらみつけた。

「それに、そもそも焼き芋なんて手で剝けばいいでしょう」

担当者からの冷たい視線に、八房はほんの一瞬だけたじろいだが、すぐに机を叩きながら大声でこう叫んだ。

「ポイントはアツアツという点なのです。人間が持てないほどアツアツの焼き芋でも、この機械ならサクサク剝けます。アツアツをサクサクでムキムキですぞ」

大げさな身振りで熱弁する八房とは対照的に、担当者の目はますます冷たくなった。

「あなた、さっきから、困ったら勢いでごまかそうとしているでしょう」

「いや、そんなことはありません。ごまかそうだなんて、そんな」

担当者の目を正面から見ないようにしながら、八房は蚊の鳴くような声で弁解した。

「しかし、手で持つには熱い焼き芋を剝くという着眼点は、かろうじて理解できます」

「そうでしょう。私もそこが言いたかったわけです」

俄然元気になった八房が、再び声を張りあげた。

「では、ここで世界に革命を起こすモンスターマシーンの力を実際にお見せしましょう」

八房はバッグの中から、すっかり冷めてしなびた細い焼き芋を取りだした。

「このお芋さんを、このように右側から銀色の筒の中に入れます」

八房は焼き芋を「オート焼き芋ピーラー」の銀色の円筒に入れた。

「そしてスイッチを入れます」

もったいぶった動作で八房が機械の下部についたスイッチを押すと、激しいモーター音とともに、円筒の左側から、粉砕された芋の黄色い小片が勢いよく噴射した。

「このように一瞬でおいしいマッシュポテトが」

「帰れ」


夕焼けに染まる公園のベンチで、八房は頭を抱えて深いため息をついた。

「うう、機械の不具合を報告したら、『社長が夜逃げしたから、それどころではない』と言われてしまった。なんて会社だ」

ようやく見つけた再就職先なのに、最初の給料をもらう前につぶれてしまった。これまでの給料と退職金の代わりにと、欠陥品の「オート焼き芋ピーラー」をもらった、というより、そのまま押しつけられたが、こんなものをもらってもしょうがない。

「このベンチの周りだけ、やけに早く夜が来ていると思ったら、やっぱり旦那でしたか」

元スリの現探偵、弾正勘八が元気に手を振りながら、こちらに歩いてきた。

「どれだけ暗いんだよ、俺は」

八房は顔をあげて苦々しげにつぶやいた。ただでさえ気分が落ちこんでいるときに、一番会いたくない人間に遭遇してしまった。

「しょぼくれた顔していますねえ。どうせまたバイトをクビになったんでしょう」

「今回は正社員だ。正確には正社員予備人員だが」

「で、旦那はその正社員予備人員をクビになったんですね」

「いいや、クビになる前に会社がつぶれた」

それを聞くと弾正は悲しそうな顔をして、しみじみとうなずいた。

「ああ、こんな貧乏神を雇うから」

「ん、なにか言ったか」

「いえいえ、なにも」

弾正はあわてて首を横に振った。

「それより、そのバッグに入っているのはなんです」

「労働の対価で手に入れた『オート焼き芋ピーラー』だよ」

八房はそう言いながら、バッグの中から機械を取りだして弾正に見せた。

「聞いたこともないですね。どういうものなんです、それは」

「焼き芋の皮を剝く、と見せかけて、粉砕する悪魔の発明品だ」

「ほほう、なかなかユニークな機械ですな」

弾正は八房が手にした機械を見つめて、興味深そうにあごをなでた。

「それよりお前のほうはどうなんだよ、弾正」

「どうと言われますと」

「ほら、探偵の仕事だよ。最近はお呼びがかからんのか」

「ご心配なく。結婚相手の素行調査や、浮気の調査みたいな細かい仕事なら、ボチボチと入っていますよ。旦那の力を借りることもないような仕事ばかりですけどね」

「もっと向上心を持つというか、仕事に貪欲になれよ。不本意ではあるが、お前の助手としての仕事がないと、俺は粉砕された焼き芋で露命をつなぐしかなくなる」

「そんなことを言われましてもねえ。こればかりは上からの連絡次第ですから」

弾正は困ったように頭をかいた。

「しょうがねえ、芋の屑を舐めながら、この『オート焼き芋ピーラー』を、リサイクルショップにでも売ってくるか」

八房がバッグを手に、ため息をついて立ちあがった。

「旦那、そんなものを持っていっても、銭になるどころか、逆に処分する手間賃を取られるだけだと思いますぜ」

弾正にそう言われた八房は、バッグを軽く叩きながら顔をしかめた。

「ダメでもともとだ。これが売れなきゃ、あとは品性とプライドを売るしかねえ」

「まだ在庫があったんですか」

「おうよ、安くはないせいか、なかなか買い手がいなくてな」

肩をすくめて八房がそう言ったところで、弾正の携帯電話が鳴った。

「ありゃ、こいつはあたしへの探偵の仕事の依頼の連絡メールだ」

弾正は携帯電話を取りだしてメールを開いた。

「フム、重大事件ではありません。これはどうやら捜しものの依頼のようですね」

「ちぇっ、捜しものでは助手の必要もあるまい」

八房は弾正に背を向けて、軽く手を振った。

「せいぜいがんばれ、ヘボ探偵」

「せっかくこうして会ったんだから、今回は旦那も手伝いに来てみませんか」

「あいにく、俺はそこまでヒマじゃないんだよ」

「いや、ヒマでしょ。旦那はヒマしかない人間でしょ」

これには反論できない。顔をしかめて八房は立ち止まった。


「日当は出るんだろうな」

すっかり日の落ちた町を歩きながら、仏頂面の八房が弾正にたずねた。

「旦那には今回の仕事のギャラの一割をお渡ししますよ」

あまりにも旦那がみじめで気の毒ですからね。弾正は心の中でつけくわえた。

「むむっ、一割だと。それは少ないぞ」

八房が人目もはばからず大声を上げたため、通行人が一斉にこちらを見た。

「俺もさすがに三割とは言わん、せめて二割ぐらいは」

「ここからの交通費を、旦那が半分出すというなら二割にしてもいいですよ」

八房は言葉に詰まった。自分の手元には一銭もない。

「しかたない、一割でいい。その代わり交通費はお前が出してくれ」

今回の仕事は重大な事件ではないようだから、ギャラもさほど多くはあるまい。その一割では、スズメの涙にも満たないだろうが、それでも無一文よりはましだ。

「それじゃあ、交渉成立ということで」

弾正は手をあげてタクシーを呼びとめた。このような贅沢な乗物に乗るなど、無職の八房にとっては久々のことである。

「うわあ、シート柔らかあい、ふかふか」

タクシーに乗っただけで、無垢な少年のように、つい感動の声を上げてしまった哀れな中年の姿に、弾正は涙を禁じ得なかった。

タクシーが走りだしてしばらくすると、八房の感動もさすがに冷めてきた。

「それにしてもこんな時間に依頼人のところへ行くのか」

「ええ、メールに『緊急』のサインがありましたので」

弾正は携帯電話を八房に見せながら説明した。

「このサインがある場合、『３Ｄ』の探偵は深夜だろうが早朝だろうが、即座に現場に向かうことになっているんです」

「ほう、なかなか大変なもんだな」

自分の刑事時代の夜勤を思いだしながら、八房があごをなでた。あのころは大変だったが、充実もしていた。なによりも給料が毎月でていた。妻子とも暮らせていた。

「いかん、また気分が暗くなってきた」

「仕事のことを考えましょうよ、旦那」

それもそうだ。八房はうなずいた。仕事は最大の逃避先である。

「捜しものとか言っていたな」

「ええ、そうですよ」

「で、なにを捜すんだ。明日への希望か、それとも再就職先か」

「それは旦那が捜したいものでしょうが」

弾正はため息をつきながら言った。

「詳しい依頼内容は、あっちに着いてからですね」

「そこらへんは意外とアバウトなんだな」

まあ、どうせたいした依頼ではあるまい。八房はタクシーの窓の外へ目をやった。

弾正の助手を始めてからの経験で、どういう事件のときに、自分にお呼びがかかるのかは、八房にもおおよそ把握できていた。

それは依頼人が腹に一物あると判断された場合だ。たとえば、緊急性がある依頼内容なのに、わざわざ最低ランクの探偵を指名してきたというようなケースである。

こういう場合は、依頼人が探偵を自分の計画のために利用しようとしている可能性が高い。そのときこそ八房の出番となるのだ。

つまり今回、八房に正式なお呼びがかからなかったのは、本来の弾正のランクにふさわしい仕事が来たからであると推測される。

なんだか都合よく「３Ｄ」に利用されている気がしないでもないが、先に借金を作ってしまったのは八房だから、あまり文句も言えない。

それに、八房が事件の捜査に、少なくないやりがいを感じていることも事実だった。

二人を乗せたタクシーは町の中を抜けて、郊外へ入った。

「それにしてもさみしいところだな」

のどかな田園風景と言いたいところだが、ヘッドライトに照らされた前方に見えるのはほとんどが荒地だ。すっかり日も落ちてしまった風景には無気味さしか感じられなかった。

「おい、本当にただの捜しものの依頼なんだろうな。なんだか、どんどん殺人事件にふさわしいロケーションになってきているんだが」

「いや、今回は捜しものの依頼のはずですよ」

そのまましばらくタクシーは走り続け、黒々とした雑木林の前で止まった。

「運転手さん、どうかしたんですか」

「ここがお客さんの言っていた目的地ですよ」

「いや、そんなはずは」

運転手へそう言いかけたところで、弾正は雑木林の奥のほうに、かすかな明かりが灯っていることに気づいた。

「あれが依頼人の家みたいですね」

「やれやれ、さらにあやしげになってきた」

八房は首を左右に振りながら肩をすくめた。

タクシーを降りると、弾正はまず自分の携帯電話を確認してうなずいた。

「うん、あたしの携帯の電波は通じますね」

「そうか、それならタクシーは返しても大丈夫だな」

もし指定の場所をまちがえていたとしても、携帯電話が通じるなら、またここにタクシーを呼べる。乗ってきたタクシーを返しても、身動きが取れなくなる心配はない。

タクシーが去ってしまうと、二人はあらためて雑木林を見た。

「まったく、鬼婆(おにばば)でも住んでいそうだな」

白い明かりが見えるのは百メートルほど先だろうか。電気の明かりであることだけはまちがいないようだ。鬼婆が電気会社に電気料金を払っているとは思えないので、あそこにいるのは人間と見ていいだろう。

「旦那、ここに細い道がありますぜ」

弾正が雑木林の中へと続く、舗装されていない細い道を指さした。

「くそう、こんなところだとわかっていたなら、来るんじゃなかった」

「今さら泣き言を言わないでくださいよ、旦那」

「だってこっちは革靴でスーツだぞ。俺の一張羅だ。もし、枝にでも引っかけて上着を破いちまってみろ、俺はこの先の就活もできなくなっちまう」

不服そうにそう言いながら、八房は雑木林の細い道の、硬く乾いた土を踏みしめた。あれこれ言いつつも、今後の就職活動より目の前の好奇心が勝る男なのである。

八房と弾正は、フクロウと思しき無気味な声が響く林の中を、遠くに見える明かりに向かって、一歩ずつ注意深く歩いた。

「依頼の捜しものが屋内だといいですねえ」

「まったくだ。もし外を捜す仕事なら、日が昇ってからにしてもらいたいもんだ」

八房がうなずく。珍しく二人の意見が合った。

「でも、緊急の依頼ですから、朝まで待ってもらえるかどうか」

そんなことを話しているうちに、二人は雑木林の中に建つ小さなプレハブの小屋の前にたどり着いた。

小屋の窓から蛍光灯の白い光が漏れているおかげで、薄暗いながらも周囲の様子は確認できる。プレハブは作業所や倉庫に使われるタイプのようだ。無理をすれば住めないこともないだろうが、普通は住居にするような建物ではない。

八房たちがここまで来た細い道とは別に、舗装はされていないが太い道が、雑木林の反対側へと続いている。道の隅には、一台の大型の乗用車が止められている。きっと依頼人が、ここまで乗ってきた車であろう。

「壁に泥が跳ねているな。この車が撥ね飛ばしたのか」

八房は車に近づいた。小屋からの明かりで車を観察すると、車にも同じく小さな泥跳ねの痕跡があるのが見つかった。

「まあ、気にするようなことでもないか」

八房がそうつぶやいてポケットに手を入れたのと同時に、小屋の入り口のほうから、弾正がドアをノックする音が聞こえた。


「こんばんは、ご依頼いただいた探偵ですけど」

「おお探偵さん、お待ちしていました」

そう言いながら、一人の男がドアを開けて弾正に顔を見せた。年齢は八房と同じぐらいか、もしくはやや上に見える。

「こんなところまで来ていただき、ありがとうございます。私はこういう者です」

男は内ポケットから名刺入れを取りだすと、名刺を一枚抜いて、弾正に渡した。

「ええと、屁之頃山電子産業、代表取締役社長、耳鳴忠治（みみなりちゅうじ）さんね」

弾正がそうつぶやいた次の瞬間、少し離れて小屋の周辺を調べていた八房が、猛然と小屋の入り口へと突撃してきた。

「な、なんだと、屁之頃山電子産業の社長だと、おい弾正、そいつはどこだ」

「いや、どこって、ここですけど」

弾正が忠治を指さしてそう言い終えるよりも早く、飛びかかった八房は耳鳴忠治の胸元をつかみあげていた。

「よくもかわいい社員を置いて逃げやがったな、この野郎。盲亀の浮木、ウドンゲの花、ここであったが百年目とは、このことだ」

「ちょっと、あたしの依頼人になにをするんですか、旦那」

「うるせえ、労使間の問題に部外者が口を出すんじゃねえ」

八房は、止めようとした弾正を一喝して怯ませると、事態がのみこめずに硬直している忠治の胸元を、さらにきつく締めあげた。

「な、なんだね、きみは、いきなり乱暴な」

「俺か。俺はあんたの会社の正社員予備人員だった男だ」

「う、うちの会社の正社員予備人員だと」

苦しそうな声で忠治が答えた。

「これまでの給料と退職金をよこせ、テメエ」

「だ、旦那、落ちついて、依頼人さんが気絶しちまいますよ」

弾正があわてて八房と忠治を引き離した。

「ほら、暴力はいけません。話し合いましょう」

弾正になだめられて、八房は憤懣やるかたない顔で腕組みをした。

「こいつは夜逃げ中だぞ。依頼料をちゃんと払えるかどうか、あやしいものだ」

「依頼料の心配はないと思いますぜ。うちの査定は厳しいですから」

　これには八房も言い返すことはできなかった。八房自身も「３Ｄ」の査定の結果、依頼料を探偵の助手としての働きで返せると判断されたため、今の境遇にいる。忠治に現金がないとしても、別の形で返済する手段があると「３Ｄ」は判断したのだ。


　重苦しい空気のまま、八房と弾正は忠治の小屋の中へと入った。小屋の内部には、粗末な机とパイプ椅子とロッカーしかなく、まともに生活ができる空間とは思えない。

「いや、社員のみんなには悪いとは思っているんですよ、本当に」

　忠治はきまりが悪そうに、八房へ何度も頭をさげた。

「ただ、そうは思っていても、やはりない袖は振れぬわけでして。ねえ」

「ノースリーブで会社を経営するんじゃないよ、まったく」

　口いっぱいに含んだ苦虫を嚙みつぶしたような顔で、八房が吐きすてた。八房と忠治の関係からすれば、こうなるのも仕方ないこととはいえ、本当に気まずい雰囲気だ。

「それで、そこにいる二人は何者だ」

　八房はそう言いながら、小屋の隅のパイプ椅子に腰をおろしている二人の人物を、横目でにらみつけた。一人は老人。もう一人は生活感のない顔をした金髪の中年男性だ。

「この二人は、私の弟と叔父ですよ」

　そう言いながら忠治は八房たちに老人を示した。

「こちらが叔父の耳鳴琥幕（こまく）です」

パイプ椅子に腰をおろしたまま老人が一礼すると、次に忠治は金髪の中年男を示した。

「そして弟の耳鳴概治（がいじ）です」

忠治に紹介されても、金髪のほうは頭をさげず、軽く八房たちを一瞥しただけだった。また少し気まずくなった空気を払うように、弾正がやや明るく話を切りだした。

「とにかく、依頼の内容について、あたしらに話していただけますか」

「はあ、実は捜してもらいたいものがありまして。もし、それが見つかったなら、社員に退職金も出せるのですが」

それを聞いた途端、八房は元気よく椅子から立ちあがると、さながらラジオ体操をするゴリラのように、両腕を大きく振り回した。

「よっしゃあ、そいつを命がけで捜すぞ、弾正くん」

「まず、なにを捜すか聞きましょうよ、旦那」

弾正がため息をついた。八房のあまりの困窮を見かねて、仕事に連れてきたが、こんなことになるとわかっていたなら、やめておくべきであった。

「おお、そうだったな。なにを捜すんだ。言ってみなさい、ほら」

「け、今朝、病院で亡くなった私の父の遺産です」

無気味な笑顔を近づける八房から逃げるように、忠治は体をそらした。

「この雑木林のどこかに隠されている父の遺産を、探偵さんに捜して欲しいのです」

「えっ、この雑木林に遺産があるんですか」

弾正は思わず小屋のガラス窓へ目をやった。今夜はよく晴れた満月の夜だが、木々にさえぎられ、ここに月明かりは届かない。外の闇を透かしたガラスは、光沢のある黒い板のようになっている。

「はい、正確にこの場所にあると確定したわけではないのですが、この雑木林でまちがいはないと思うんです」

忠治も窓へ目をやりながら、軽くため息をついた。


「順番に話を聞きましょう。まず、あんたの親父さんについて教えてもらえますかね」

弾正の質問に、忠治は静かに答えた。

「父の名は耳鳴内治（ないじ）。屁之頃山電子産業の創業者でした」

「ということは、あんたが二代目社長なのか」

忠治を指さしながら、そうたずねた八房を、弾正があきれたような顔で見つめた。

「旦那は一応、社員だったんでしょう。そんなことも知らなかったんですか」

「あまりにも短期間の雇用だったので、会社についてよく知る時間もなかった」

八房と弾正の短いやり取りが終わるのを待って、忠治は八房に言った。

「会社のロビーに父の写真があったはずです」

「ああ、あの写真の爺さんが先代社長だったのか」

八房が軽くうなずいた。よく晴れた夏の海水浴場で撮影されたと思われる写真だ。浜辺には不似合いな長袖の上着を着た老人が、不機嫌そうに立っている写真が、たしかに会社のロビーにあった。

「父は長年、町工場で大手企業の孫請けをしながら、自社オリジナル家電の開発にチャレンジしてきました」

「へえ、どういう家電を開発してきたんですか」

忠治はあごを軽くつまんで天井を見あげながら、弾正に答えた。

「そうですね、まずは主力商品の焼き芋の皮を剝く家電。あとは焼きナスの皮を剝く家電や、ラッキョウの皮を剝く家電などです」

「なんだか微妙なものの皮を剝いてばっかりの会社ですね、旦那」

神妙な顔でつぶやいた弾正に、八房も無言でうなずいて同意を示した。こんな会社がよく二代も続いたものである。

とはいえ、ここまでピントのずれた会社だからこそ、八房みたいな男を営業マンとして雇ったこともまちがいはない。

「たしかにヒット商品には恵まれませんでしたが、父の代は家族だけで経営していた小さな会社でしたからね。大企業の孫請けをコツコツと続けていたんです」

「でも、ちょっと待ってくれ。俺が就職したときは、あんたのところの自社ビルは、ぼちぼち大きかったたし、社員もそれなりにいたよな」

八房が不思議そうにたずねると、忠治はやや得意げな顔になってこう答えた。

「今から三年前に父が引退して、私が社長になってから事業を拡大したのですよ」

「へへっ、それで兄貴は大金をドブに捨てたってわけさ」

今まで部屋の隅で黙っていた耳鳴概治が、皮肉っぽく笑いながら肩をすくめた。

「その歳で定職についたことがないお前に言われる筋合いはない」

激昂した忠治が机を叩いて、弟を怒鳴りつけた。

「えらそうに言うなよ。兄貴だって似たようなものじゃないか。いや、それ以下かな」

兄を挑発するかのように、概治は軽く手を振った。

「親父の工場の仕事以外はなにも知らないくせに、背伸びをしたから、このザマなんだろう。家を出て音楽をやっていた俺のほうが、まだ世の中ってもんを知っているぜ」

「なにが『音楽をやっている』だ。お前は『自称アーチスト』だろうが」

「なんだと、もういっぺん言ってみろ」

パイプ椅子から立ちあがろうとする概治を止めながら、耳鳴琥幕が大声を上げた。

「ふ、二人ともやめないか、みっともない」

「ああ、大丈夫ですよ。あたしらのことは気にしないで続けてください」

弾正が片手をけだるそうにあげながら、のんびりと耳鳴家の三人へ言った。

「あたしらも、あなたがたと同レベルのダメ人間ですから」

「私まで一緒にしないでいただきたい」

老体の琥幕が不快そうに顔をしかめた。

「私はむしろ若いころから、素行の悪い兄に苦労させられた側だ。ただ博打(ばくち)好きなだけならまだしも、いい歳をしてあんなものまで」

「はて、『あんなもの』とは」

「それはうちのプライバシーだ。あんたがたに話す必要はない」

「ありゃ、こいつは失礼しました」

弾正は舌を出すと、琥幕に軽く頭をさげた。


忠治と概治の兄弟ゲンカが、とりあえず収まったのを見届けると、八房はあごに手を当てて首を捻(ひね)った。

「依頼を根本からひっくり返すようでなんだが、本当に隠し遺産なんてものがあるのか」

「どういうことですか、旦那」

「いや、ほら、こいつの話だと、親父さんの代までは、家族経営の小さな会社だったんだろう。現在の規模の会社の危機を救うほど、財産を残せたとは考えにくいぜ」

「その点ならば心配はありません」

忠治がきっぱりと言った。

「父は生前に紅村鋭吉（べにむらえいきち）氏という画家と親交がありました」

紅村鋭吉ならば八房も知識として知っている。本名を谷村永吉、五年ほど前に他界した著名な日本画家である。最近では海外での評価が高まっていたはずだ。

芸術家には珍しくはない話だが、彼も最晩年になってようやく評価された人物である。若いころから博徒の真似事などをして、無頼の生活を送っていたこともあり、画壇での評判は芳しくなかったと聞く。

「父が社長職を退いた直後のことです。社長室の荷物を整理していたら、そのとき紅村鋭吉氏の書簡が、机の中から見つかったのです」

「そのとき紅村氏は存命だったのか」

「いいえ、紅村氏はすでに他界していました」

「どのような内容だったんですか」

「耳鳴内治、谷村永吉、この二人の喜寿を祝い、終生の親友へ作品を贈る、と」

弾正がここで首をかしげた。

「喜寿ってなんですか。もしかしてジュースに入っているやつですか」

「それは果汁。喜寿は七十七歳の祝いのことだ」

八房はため息をつきながら弾正に言った。

「紅村氏がお亡くなりになられたのが、喜寿の歳でしたから、父に贈られた絵こそが、まさに最後の作品ということになります」

「しかし本物なのかね、その書簡は」

八房が疑い深そうにつぶやいた。この男は万事において猜疑心が強いのである。

「鑑定により、その書簡は本物という結論が出ています」

「なるほどね。しかしその二人は仲が良かったのだな」

「はい、社会的な立場にこそ、隔たりができてしまった二人でしたが、それでも若いころからのつきあいで、紅村氏が困窮していた時期には、父が紅村氏の生活を支援していたこともあったそうです」

「そういう関係なら、喜寿の記念の絵のほかにも、何枚も絵をもらったのだろうな」

八房の問いに、忠治は首を横に振った。

「父が紅村氏の絵を受けとったのは、その一枚だけのはずです。父のほうからすべて断っていたそうです。友情がいびつな形になるのは嫌だからと」

それを聞き、八房は少しだけ、死んだ先代社長に感心した。発明品の発想はトンチンカンで、素行も悪かったそうだが、金品よりも友情を優先する一面もあったようだ。

「もし本物の紅村鋭吉の未発表品、それも人生最後の作品ともなれば、オークションにかければ、最低でも四千万の価格がつくそうです」

「そ、そ、そんな高値で売れるものなのか」

困窮生活からすっかり大金に弱くなった八房の声が、思わずひっくり返った。

「はい、見つかった紅村氏の書簡すら、十万円以上の値がつくと言われました」

そう言いながら忠治は一通の封書を内ポケットから取りだし、二人に見せた。

「これがその書簡です。これをあなたがたへの依頼料の担保とさせていただきます」

それを聞いて弾正が神妙な顔で腕組みをした。

「タンポというと、耳で空を飛ぶ象のアニメですね」

「うん、そりゃダンボだね、弾正くん」

八房は苦々しげにつぶやいた。やはりこの男には、もっと一般常識を叩きこまないと、使いものにならないようだ。

忠治が担保となる書簡を内ポケットに戻すと、八房は額に手を当てて、窓の外の暗闇をにらみつけた。

「さて、問題はなぜ、そんな大切な絵が、こんな雑木林にあるのかってことだな」

「父が絵を隠したのですよ」

忠治はゆっくりと首を振ると、長いため息をついた。

「父が紅村氏から絵を贈られたことは、生前から周知の事実でしたが、父は親族にすら絵を見せようとはしませんでした」

まあ、なんとなく理由はわかるけどな。八房は心の中だけでつぶやいた。

「それでも、病気で入院して、死期が近いとわかると、父は自分の死後に実家の金庫を開けるように、私たちに告げました。そこに紅村氏の最後の仕事について遺してある、と」

その気持ちもまた、なんとなく八房にはわかる。親友の最後の仕事を、やはりなんらかの形できちんと遺しておきたかったのだろう。

「そこで父の臨終ののちに、遺言通りに実家の金庫を開けると、中から絵の隠し場所についての地図と手紙が出てきました」

そこまで言うと、忠治は窓の外を手で示した。

「地図に描かれている場所が、この雑木林だったわけです」

「手紙にはなんと書かれていたんですか」

弾正が忠治にたずねる。

「森の入り口からたどるべき道順が、具体的に書かれていました」

「そうしてたどり着いたのが、このプレハブ小屋というわけですね」

弾正はなにもない小屋の中を見回した。

「いや、ここはちがいます。遺言で指定された場所はまだわかりません」

「では、このプレハブ小屋はなんなのです」

「この雑木林での作業のために、地元の農家が所有している建物です。もちろん、ここを使う許可は、地主にもらっています」

「なるほど」

「でもこの雑木林に絵が隠してあるというのは、どうだろうな」

指先で軽く頭をかきつつ、弾正と忠治の話を聞いていた八房が、おもむろに手を差しだして、二人の会話をさえぎりながら言った。

「絵というのは、保管が難しいものだと聞くぜ。あんたらの親父さんが絵を隠していた期間がどれぐらいなのかはわからないが、雑木林に穴を掘って埋めておいたりしたら、たちまちダメになっちまう。親友の気持ちを、そんなぞんざいに扱ったとは思えん」

「はい、だからこの雑木林に隠されているのは、絵そのものではなく、どこかの貸金庫の番号や画廊の住所であろうと、我々は考えています」

「金庫にその番号や住所を入れておかずに、こんな形で二重に隠す意味は」

「ええと、それは」

返答に詰まった忠治に、八房が苦笑しながら軽く肩をすくめた。

「まあいい、隠してあるものを見つければ、親父さんの意図もわかるだろう」

「あんた、地図と手紙の実物はここにあるよな」

「はい、もちろんです」

忠治はうなずくと、八房たちに二枚のコピー用紙を見せた。

「父が金庫に保管していた地図と手紙です」

忠治が差しだした地図を見て、八房は軽くうなった。市販の地図帳からコピーしたと思われるそれは、宝の地図と、そのありかを示す手紙というにはあまりにも簡素なものだった。

「なるほど、これには印も何もついていないな」

八房は眉間（みけん）にしわを寄せながら、手にした地図を顔に近づけた。

「ありゃ、旦那がそんなに見つめるから、地図に穴が開いちまいましたよ」

「そんなわけがあるか」

顔をあげて八房はあきれたように言った。

「だってほら、ここに穴がありますぜ」

八房は弾正が指さしている部分へ目をやった。なるほど、地図の下部の余白に針で突いたような小さな穴がある。

この地図を画鋲（がびょう）で壁にでも貼ったときの穴かと思ったが、それならば紙の上部に穴が開いているはずだ。これで貼りつけたのでは逆さまになってしまう。

「余白の部分だから、この穴が地点を示しているとも思えんしなあ。さて」

考えこむ八房と弾正に、横から忠治が言った。

「どうですか、わかりそうですか」

「実際に調べてみないとわからん」

弾正は二枚の紙を持って、椅子から立ちあがった。

「こいつを預かるぜ。俺たちで雑木林の中を調べてくる。懐中電灯はあるよな」

「はい、持ってきています」

忠治が八房に大型の懐中電灯を手渡した。

「準備万全というわけか。実に手際が良いことで」

懐中電灯の点灯を確認した八房は、横目で忠治を見ながら嫌味っぽく言った。


かくして八房と弾正は宝捜しのため、小屋を出て、再び夜の雑木林へ足を踏み入れた。依頼人が用意していた懐中電灯は二人分あったものの、それでも月明かりも届かぬ雑木林の中を照らすには、あまりにも心もとない光だ。

なかなか無気味な光景だが、この二人に恐怖はなかった。八房はオバケなんぞより、はるかに怖い現実に恐怖する日々を送っているし、探偵になるまで裏稼業で生きてきた弾正は、むしろ闇に身を沈めているほうが落ち着くのである。

「俺が呼ばれないとき、お前の仕事って、いつもこんな感じなのか」

「ええ、まあこんな感じですかねえ」

足元に懐中電灯の光を向けて、弾正がのんびりと八房に答えた。

「緊急の仕事ではありますが、この手紙の指示の通りに動けば、目的のものは簡単に見つかるわけですからね。気楽な仕事ですよ」

「さて、そこだ。果たしてそう簡単に見つかるかね」

八房はそう言いながら、顔の高さにある枝を手でよけた。

「また旦那は、そういうことを言うんだからなあ、もう」

八房がよけた反動でこちらに跳ねてきた枝から身をかわしつつ、弾正がぼやいた。

「そう言うな、弾正。あの三人はどうして俺たちを呼んだと思う」

「それは自分たちで捜しても、見つからないと思ったからでしょうね」

「だろ、それなら俺たちも、簡単に見つけられるとは言えないんじゃないのか」

八房は歩きながら、弾正が持っている手紙を指さした。

「あいつらはその手紙の指示の通りに、とっくにこの雑木林を捜してみたはずだからな」

「でも旦那、先代が亡くなったのは、今日なんですぜ。捜し始めて、まだ半日ぐらいしか経過していないなら、見つかっていなくても仕方ないと思いますけどね」

懐中電灯で前方を照らしつつ、弾正が八房へ言った。

「金庫を開けて、地図からこの雑木林を割りだした時点で、日が暮れてしまっていたのかもしれません。危険なことも多い夜中の探索を代わりにやらせるつもりで、あたしらを呼んだということもあり得ますよ」

「やれやれ、まったく元犯罪者のくせに、お人好しな野郎だ」

八房が闇の中、あきれたように首を左右に振った。

「あんなタヌキどもの言うことを素直に信じたら化かされるぞ」

「はて、どういうことですか、旦那」

「あいつらが律儀に遺言を守ったはずがないってことだ」

「なんでそう言えるんです」

弾正に質問されて、八房は地面を足で踏み鳴らした。高く乾いた音が雑木林に響いた。

「俺たちがこの雑木林に入ったとき、小道の土は、この通り乾いていた」

「まあ、ここ数日は晴れていましたからね」

弾正が懐中電灯を上に向けて空を見た。

「だが、あのプレハブの壁と、あいつらの車には同じ土の泥跳ねがあった」

「そうでしたっけ」

「そうだったのっ」

八房は強い口調でそう言いながら、弾正へ懐中電灯の光を向けた。

「乾いた地面では泥跳ねは起きない。雨のあと地面がぬかるんでいたときに、車が来ていた証拠だ。おっとっと」

八房の持つ懐中電灯の光が上下に揺れて、軽い舌打ちが聞こえた。闇の中、地面のくぼみに足を取られたのである。

「ちっ、話しながら歩くのは、ちょいと骨だな」

「大丈夫ですか、旦那」

「ああ、なんとかな」

八房は足元を確認するため、懐中電灯をゆっくり振って周囲を照らした。道の脇に古ぼけた石地蔵が三つ並んでいて、その背後が急勾配の谷になっている。

どうやら無防備な姿勢でここから落ちないで済んだようだ。安堵の息を一つついて、八房は言葉を続けた。

「つまり、あいつらは最低でも以前に雨が降った日の翌日ぐらいに、この雑木林に来ていたってことになる」

「それはおかしいですね。あの人たちがここへ来たのは今日が初めてのはずだ」

「へっ、ぼちぼちお前にも、わかってきたようだな」

先代社長は自分の死後に金庫を開けるように言った。もし彼らが本当に今日、先代社長が死んでから金庫を開けてここへ来たのなら、地面は乾いていたはずだから、彼らの車が泥跳ねなどつけられるはずがない。

「あいつらは先代社長が生きているうちから、約束を破って金庫を開けていたってことだ。今にも死にそうになっている先代社長をほったらかしてな」

「まあ、どちらにせよ、お通夜に仏さんの息子や弟がいないってだけで、かなり問題なんですけどね。通夜の席は大丈夫なのかなあ」

「大丈夫なわけないだろ。会社では夜逃げ騒ぎになっていたんだから」

父親の通夜や葬式よりも、こちらを優先するぐらい、会社の経営は切羽詰まっていたということだろう。言いつけを破って金庫を生前から開けたのも、それが理由だ。

「ま、俺たちにとって重要な事実は、あいつらは何日も捜し続けて、見つけることができなかったから、こうして俺たちを呼んだということだ。そう簡単な仕事じゃないぞ」


暗闇の中を五分ほど歩いて、腰までの高さがある草むらを踏み越えると、八房と弾正は広い道路に面した雑木林の入り口へと出た。二人がタクシーを降りてから、足を踏み入れた細い道とは、ちがう場所である。

「あいつら、ここから車で入って来たのかね」

周囲を懐中電灯で照らし、車を乗り入れるのに充分な広い道であることを確認して、八房がつぶやいた。

「となると、この雑木林の正式な入り口は、ここでいいんですかね」

　そう言いながら弾正が持ってきた手紙をひろげる横で、八房は腕組みをしながら苦々しげに吐きすてた。

「まったく、なんでこの俺が、町内会のちびっこ宝捜し大会みたいなことをしなきゃならんのだ。しかも、こんな真夜中の雑木林で」

「なんか不機嫌そうですねえ、旦那」

「当たり前だ」

　八房の声がいっそう荒くなった。

「謎解きなんてものは、敵がガチガチに守りを固めた要塞から、蟻の一穴を捜しだし、そこを起点にして、連鎖的に敵陣全体を崩壊させる。これが美しいんだ」

　独自の美学について講釈を始めた八房にややうんざりしながら、弾正は懐中電灯の光を手紙に当てた。

「とはいえ、旦那の推理が正しいのなら、あの人たちが何日もチャレンジして、挫折しているってことでしょう。旦那の相手に不足はない謎だと思いますがね」

「いくら難解でも、解かせるために作られたパズルなんて、解く気にはなれん」

「いやいや、さすが旦那だ、感心しました、プライドだけは高いなあ、すごいなあ」

　まったく抑揚のない声で八房に言いながら、弾正は手紙へと目を落とした。

「おい、それにはなんて書いてあるんだ」

「旦那は解く気になれないんでしょ、これ」

横からのぞきこもうとした八房に、弾正が冷たい目を向けた。

「いや、その、でも気になるじゃないか」

弾正は神妙な顔で周囲の木に光を当てた。

「木の実ですか、それとも果物ですか。木には何もなっていませんけど」

「俺が言っているのは植物の『木になる』じゃなくて空気とか元気の『気になる』だ」

「へいへい、そりゃ失礼しました」

弾正は軽く頭をさげると、ひろげた手紙を八房に見せた。

「見ての通りです。手紙には五行しか書かれていませんぜ」

手紙のそれぞれの行には「いり口は二つ」「三地蔵から下へ」「十字路を前に」「小道から脇に」「大道から横へ」と、さほど上手くもない字で書かれている。

「ふむ、とりあえずこの指示に従って歩いてみるか」

手紙の内容を読み終えて、八房は道の奥へ目をやった。

「まず『いり口は二つ』とありますね」

「たしかにこの雑木林には、俺たちが最初に来たときに使った入り口もあったな」

「ええ、小屋へ続くあの細い道のことですね」

手紙に書かれた五行の文の中で、最初の一行だけが指示ではなく、雑木林の特徴を示している。これが道案内のための手紙だとしたら、わざわざそんな一文を入れる必要はないように思われるのだが、さて。

頭の中で縦横に考えをめぐらせる八房へ、弾正がのんびりと言った。

「まあ、とりあえずこのまま進んでみましょうや、旦那」

森の入り口からは一本道。周囲の暗さは相変わらずだが、ここは車が通れる道なので、二人が先ほどまで通ってきた道とはちがい、進むのにさほど難儀はしなかった。

「手紙にある三地蔵ってのは先ほどのあれかな」

「きっとそうでしょうね」

八房と弾正が雑木林をしばらく歩いていると、前方を照らす懐中電灯の光の中に、先ほど八房が足を取られた、小さな地蔵が三体並んでいる場所へとたどり着いた。

「たしか手紙に『三地蔵から下へ』ってありましたね」

弾正は手紙をもう一度確認して、三つ並んだ地蔵の背後の傾斜を照らした。

「ふむ、なるほど。ここをくだるわけか」

足元に気をつけながら二人が坂を下りると、そこは狭い広場になっており、粗大ごみが積み重なっていた。

「冷蔵庫にソファー。それにプラスチックの衣装ケース。古いテレビもあるな」

周囲にある粗大ごみを懐中電灯で照らしながら、八房があきれたように言った。ここが正式なゴミ捨て場のはずがない。どう考えても不法投棄だ。

しかも広場に投棄されている粗大ごみは、上下が逆になっていたり、横倒しになっていたりして、まともな形で置かれてすらいなかった。

状況から推測するに、不法投棄をした不届き者どもは、上の三地蔵のところまで車でやって来て、そこから坂の下へ粗大ごみを乱暴に投げ捨てたらしい。

「お地蔵さんの見ている前でよくもまあ、チンケな悪さができたものだ」

「ま、そのうちバチが当たって、旦那みたいになるでしょう」

「そうだな、そのうち俺みたいに」

そう言いかけたところで、八房は言葉を止め、弾正を横目で見た。

「なんか今、さらっとひどいことを言わなかったか。この俺に」

「さあ、旦那の気のせいじゃないですかね」

弾正は懐中電灯で広場からのびている道を照らした。

「どうやら、この道から先に進むみたいですね」

上に通っていた車が通れる道とはちがい、広場から雑木林のさらに奥へとのびている道は、人が一人通れるだけの幅しかない細いものであった。

「やれやれ、また歩きにくくなりますね」

弾正がため息まじりでつぶやいた。

粗大ごみが不法投棄された広場をあとにして、八房と弾正が、暗さと足元の悪さに難儀しながら進んでゆくと、同じぐらいの太さの道がほぼ直角に交差している場所へと出た。

「手紙にあった『十字路を前に』って、ここのことじゃないのか」

八房にそう指摘されると、弾正は折りたたんだ手紙をポケットから取りだしてひろげ、懐中電灯で照らしてうなずいた。

「おそらくそうでしょうね」

「では指示に従ってまっすぐ進むか」

十字路を越えると道は少しずつ上り坂になり、さらに進むと雑木林が一時的に途切れ、八房と弾正は崖の上へと出た。二人の眼下には、くたびれた建物が見える。廃校になったと思われる木造建築の小学校だ。

なにもかもが暗色を基調としていた雑木林とは対照的に、月光に照らされた校庭は、やけに白く輝いて、敷地内にあるものが妙にはっきりと見えた。砂場と鉄棒。小さいながらも立派な屋根つきの相撲場(すもうば)。水が抜かれているプール。

なんのことはない風景のはずなのに、やけに心にしみる。二人はいつもの減らず口の応酬も忘れ、しばし神妙な面持ちで歩いた。

崖の上の道はすぐに下り坂になり、二人は再び月光の届かぬ木々の中へと入った。またしても懐中電灯だけが頼りとなる。

「次に『小道から脇に』です」

「ということは、俺たちが歩いているこの道より、もっと狭くなるのかね」

「だと思います。ちょっと勘弁して欲しいですけどね」

弾正がそう言ったのとほぼ同時に、懐中電灯の光の中に脇へとそれる小道が見えた。今二人が歩いてきた道の太さがウドンなら、前方の小道はさながらソーメンであろうか。

「やれやれ、悪い予想と生のサバはよく当たるもんですな、旦那」

ここまで細いと小道というよりも、木々の隙間と呼んだほうが適切だろう。木に触れずに前進するのは現実的ではない。弾正は懐中電灯をゆっくりと上下左右に動かし、小道の両側に鋭い棘（とげ）のある木や、かぶれの元になるウルシのような木、あるいはムカデのような刺す毒虫がいないことを確認した。

「うん、とりあえず危ないものはないみたいですな」

「たとえ安全だろうが、喜び勇んで入る気にはなれんな。しつこいようだが、俺はスーツで革靴なんだぞ、まったく」

恨みがましくぼやきながらも、八房は小道に足を踏み入れた。

そのまま二人が木々の間を進んでゆくと、木の間からかすかに白い光が見えた。

「ほう、あれは依頼人と会った小屋だな。こんな近くまで戻ってきていたのか」

八房は明かりへ目をやってつぶやいた。二人が歩いている小道は、あの小屋に続いてはいないものの、すぐ近くを通っていることはまちがいないようだ。

「そろそろ最後の指示ポイントに着かないものかな」

「最後は『大道から横へ』でしたよね」

肩についた木の葉と蜘蛛の巣を払いながら、弾正が八房に言った。

「ああ、そうなれば、もう少しはマシになってくれるだろう」

二人はそんなことを話しつつ、注意深く懐中電灯で前方を照らしながら、木々をつたうように少しずつ進んだ。昼間なら子どもが昆虫採集に来るような場所なのかもしれないが、夜は未開のジャングルのようにさえ思われる。

苦心しながら進むと、いきなり二人の目の前が開けた。

「最後の指示の場所はここか」

「そうでしょうね。ここが『大道から横へ』の場所でしょう」

「ううむ、たしかに大道だが、ここは」

周囲を見て、八房があごをなでた。

「そうですよね。ほぼ元の場所まで戻ってきちまいましたね」

弾正も首をかしげた。二人の目の前には大きな道がある。この道を右に行けば雑木林の入り口に、左に行けば地蔵が三つ並んだ場所に着く。

「このまま雑木林を出ちまうのか、同じルートをグルグル回るか。どちらにせよ、宝捜しのゴールにはたどり着けそうもないな」

「どうします。今度はもう一つの入り口のほうからたどってみますか」

「同じことだと思うぞ」

八房が首を左右に振った。

「もう一つの入り口の近くに、三つ並んだ地蔵なんかなかったからな」

「では、どういうことなのでしょうか」

「さっぱりわからん」

そう言って肩をすくめると、八房は弾正に手を差しだした。

「もう一度、手紙と地図を俺に見せてくれるか」

「はいどうぞ、旦那」

八房はその場に腰をおろすと、弾正から手渡された地図と手紙を交互に見た。

「この場所から東が雑木林の入り口で、西が三つの地蔵か」

自分の両手を交互に見てから、弾正はのんびりと八房にたずねた。

「旦那、東ってお箸を持つほうでしたっけ」

「根本からまちがっているけど、説明するのが面倒くさいから、それでいいや。お前はそうやって生きてゆけ、そしていざというとき道に迷って死ね。というか今すぐ死ね」

乱暴に「死ね」とまで言われて、さすがに弾正も不服そうに口をとがらせた。

「そこまで言うことないでしょう。あたしの認識のどこがちがうんです。ほら、その地図だって、東がお箸を持つほうじゃないですか」

「あのなあ、そりゃあこの地図のように、北が正面なら東は右で西は左だぞ。しかし南を正面にした場合は、東が左で西が右になるわけで」

そこまで言ったところで八房の言葉が止まった。南が正面だと。

「どうしたんですか、旦那」

「いや待て、わかったかもしれん」

八房はおもむろに顔をあげると、地図の下部に開けられた小さな穴を指で触れた。そしてあわただしく手紙をひろげて、小声で音読した。

「いり口は二つ。三地蔵から下へ。十字路を前に。小道から脇に。大道から横へ」

ここで八房は笑みを浮かべ、口元に手を当てた。

「なるほどね。こういうことか」

「わかったんですか」

「まあな。お目当てのものはあそこのはずだ。さっさと回収に行くぞ」

それから二十分ほど後、八房と弾正は廃校になった小学校の校門の前に立っていた。

「ここが、地図と手紙の指示している場所なんですか」

弾正が頭をかきながら学校の建物を見あげた。

「ああ、この地図の下部にあった穴が教えてくれた」

八房はポケットから折りたたんだ地図を取りだした。

「通常の地図では、北を上に置き、東が右、西が左、下が南の配置だ」

「はあ、そうなんですか」

「そうなのっ」

八房は強い口調でそう言うと、軽く顔をしかめた。

「まあ、オーストラリアなどの南半球では、北が下になった地図もあるけどな。少なくとも日本の地図なら、普通は北が上に配置される。つまり、北を正面と考えるわけだ」

「この地図はちがうんですか」

「ああ、そうだ」

そう言いながら八房は折りたたんでいた地図をひろげた。

「この地図は下のほうに画鋲の穴がある。ということは」

八房は地図に開いた穴を指でさすと、地図を上下逆さまにした。

「この地図は、上下逆さまに画鋲で貼られていたものということだ。オーストラリアの地図のようにな。ここまでわかるか」

「ええまあ、どうにか」

弾正が呆けた顔でうなずいた。

「要するに逆さまだから、オーストラリアの地図ってことですか」

八房ににらまれて、弾正は薄笑いを浮かべて首をすくめた。

「ほんの冗談です。旦那、続きをどうぞ」

こいつはどこまでが冗談かわからん。八房は軽く舌打ちをして、言葉を続けた。

「日本でも地図で南を正面として上に配置する例外がある。それを示しているんだ」

「どこですか、そこは」

「国技館、すなわち相撲をやる場所だよ」

八房は校庭の向こうに小さく見える土俵を指さした。

「国技館は南が『正』で北が『向』だ。南を正面とするから通常の地図の配置とは逆に、東が左に、西が右側になるのだ。国技館のパンフレットにも、ちゃんとそのように書いてある」

「なるほど、いやいや、でもちょっと待ってくださいよ」

大人の肩ほどの高さの校門の柵をよじ登って、校庭に入った八房へ、弾正が両手を前に差しだして振った。

「それだけで示す場所が相撲場と決めつけるのは、ちょっと飛躍しすぎでは」

「ああ、そこでもう一枚のヒントが根拠になる」

八房はポケットから手紙を取りだすと、校門の柵越しに弾正へ渡した。

「それがこの手紙だ。もう一度、よく読んでみろ。黙読でいい」

「はあ、わかりました」

弾正は校門を軽々乗り越えると、相撲場に向かって校庭を歩きながら、八房に渡された手紙を黙読した。

「いり口は二つ」

「三地蔵から下へ」

「十字路を前に」

「小道から脇に」

「大道から横へ」

やはり意味がわからない。歩きながら首をかしげている弾正に、八房が静かに言った。

「最初の行、少し妙だと思わんか」

「ええ、この行だけが指示じゃありませんね」

「それもあるが、ここで注意するのは、仮名と漢字の表記だ。どうして『入り口』ではなく『いり口』と仮名で書いているのか。仮名で書くほど難しい漢字ではない」

「たしかにあたしでも書ける字です。そう言えば不自然かもしれません」

「先代社長は入を漢字で書かなかった。なぜなら各行の漢字で先頭に置かれた字には、意味があり、それを崩してしまうからだ」

八房は弾正の持つ手紙を指さした。

「各行の一番上の漢字。それと最後の漢字を抜きだしてみろ」

「口、二、三、下、十、前、小、脇、大、横」

「並んでいる漢字の法則。わかるか」

弾正が首を横に振った。八房は仕方なさそうに自分でこう言った。

「序の口、序二段、三段目、幕下、十両、前頭、小結、関脇、大関、横綱」

「あっ、もしかして相撲の番付ですか」

手紙を片手に持ったまま弾正が手を叩いた。

「そういうこと、この手紙にある五行の文字は道順じゃない。これ自体が隠し場所を示すヒントだったというわけだな」

校庭の隅まで来た八房は、そう言いながら目の前にある相撲場を見あげた。

「でも旦那、やはり一つわかりません」

さっそく相撲場の屋根と、土俵の周囲を捜し始めた八房に、弾正がたずねた。

「どうして先代社長は、こんなややこしい方法をとったんでしょうね。普通に貸金庫の番号なり、絵の実物なりを渡せばいいじゃないですか」

「えっ、そんなの簡単じゃないか」

懐中電灯で屋根の柱を照らし、念入りに調べながら、八房はこともなげに言った。

「そのほうが面白いからに決まっている」

「あのう旦那、面白いからとは、どういうことで」

弾正が不思議そうにたずねた。

「雑木林を番付に使われる漢字で作った指示通りに歩くと、ぐるりと一周可能。謎が解けなきゃ、延々とループする。そのまま墓の中に持って行くには、ちょいと惜しい発見だろう。クイズとして披露したいと思っても不思議はないじゃないか」

「ええっ、まさか、そんなお茶目な理由で」

大抵のことでは動じないのんきな弾正も、さすがに啞然となった。

「このクイズを紅村の作品の隠し場所にすれば、無視されることもない。欲深どもが必死に頭を捻って、ヒントの示す場所を捜そうとするだろうからな」

相撲場の天井を懐中電灯で照らしながら、八房が笑みを浮かべた。梁(はり)の上に厳重に梱包された小さな包みを見つけたのだ。

「とっておきのクイズは必死に解かせなきゃつまらない。ただそれだけ。ロジカルではないが、心理として少しだけ共感できる」

梁の上の包みに、手は届きそうにない。適当な長さの棒が必要だ。まあ、雑木林に戻ればすぐに拾えるだろう。そう思いながら、八房は背後の雑木林へと目をやった。


「というわけで、大冒険の末にこいつを回収してきました」

プレハブ小屋に戻ってきた八房と弾正は、ざっとした経緯を説明すると、机の上に片手に収まるほどの大きさの包みを、ぞんざいに投げだした。

「おお、お疲れさまでした」

耳鳴の三人が声を揃えてそう言いながら、机に置かれた包みの前へ殺到した。

「謎解きの詳細を聞きますか」

「いいや、これさえ見つかれば結構です」

まったくクイズを出した甲斐がない連中だな。八房が軽く苦笑する前で、耳鳴家の三人が争うようにしながら、包みを乱雑に引き裂いた。

「なんだ、これは」

包みの中から出てきたものを見て、琥幕が大声で叫んだ。

「これのどこが紅村鋭吉の最後の作品につながるのでしょう」

「包み紙にもなにもないぜ」

忠治と概治の兄弟も呆然とつぶやいた。

「竹ベラですかね。これ」

中から出てきたものを見て、弾正があごに手を当てて首を捻った。

「ほうほう、なるほど、最後の最後にこういうオチか」

八房が愉快そうに目を細めた。

「そこの爺さんの『いい歳をしてあんなもの』という発言。夏の浜辺でも長袖の上着を着ていた写真。そして博徒のような生活をしていた無頼の画家。全部この道具でつながった」

「どういうことなんです、旦那」

「彫師が使う竹製の刺青(いれずみ)の道具だよ、こりゃ」

八房の心の底から愉快そうな一言で、その場にいた全員が、この一件の本当の構図を、一瞬で把握した。

「し、失礼します、探偵さん」

「急いで親父のところに戻るぞ、兄貴」

「火葬を延期する必要もあるかもしれん」

三人はあわただしくプレハブ小屋を出ていった。その直後、外で車のエンジンがかかる音がしたかと思うと、あっという間に、その音も遠くになっていった。

「ありゃ、依頼料をもらい損ねたかな」

二人だけになった小屋で、八房が頭をかきながらつぶやいた。

「ご心配なく、あたしがすでに抜いてあります」

弾正が自分のポケットから、依頼料の担保である紅村鋭吉の書簡を取りだした。

「やれやれ、相変わらず手癖の悪いやつだ」

八房が顔をしかめてため息をついた。

「ま、そう言わないでください。今回は正当な報酬ですんで」

「一割を忘れるなよ」

「もちろんですとも」

しかし、あいつらどうするつもりなのかね。耳鳴家の三人が開けっぱなしにしていったドアを見つめて、八房は考えた。どんなにあせったところで、先代社長の皮膚に刺青として残された作品など、売りようがあるまい。

いくらあの会社でも、仏さんの皮を剝く機械までは作ってはいないだろう。

ポンコツ探偵、
出かける

輝く夏の空の下、八房文次郎と弾正勘八は、郊外のバス停でバスを降りた。

「今回の依頼は簡単で良かったですねえ、旦那」

ピンク色のペット用キャリーケースを片手に持った弾正が、ズボンのポケットに手を入れて仏頂面で横に立っている八房へ言った。

「簡単なものか、俺もお前も傷だらけの絆創膏だらけだ」

八房はポケットから抜いた自分の両手を弾正に見せた。

「ちょっぴり人見知りする子でしたからね」

弾正も絆創膏を貼った鼻の頭をかいて、小さなため息をついた。

「そもそも迷子の猫捜しなんかに俺を呼ぶんじゃねえ」

「まあ、そう言わないでください。こういう単純な仕事ほど、人手が欲しいんです」

弾正はキャリーケースを片手にさげつつ、飄々と八房のぼやきに答えた。

「チッ、お前の助手として露命をつないでいる身だ。文句も言えんか」

元刑事である自分が、元スリの下で探偵助手として働いているという、なんとも奇妙で因果なめぐり合わせを、今さらながら嚙みしめつつ、八房がつぶやいた。

「それにしても、今回の依頼人はかなり辺鄙なところに住んでいるんだな」

八房は不思議そうに首をかしげた。

「こいつを捜していた場所から、四十分以上はバスに乗ったぞ。あんなに長い距離を逃げてきたのか、この猫は」

「五日前、飼い主が街の獣医さんのところに連れて行った帰りに、脱走したんですよ」

「ああ、なるほど、そういうわけか」

歩きながら八房は体をかがめて、キャリーケースの中をのぞきこんだ。中には不機嫌そうな顔をした白い長毛種の猫が入っている。猫の品種などよくわからない八房には「とにかく高そうな猫である」という感想しかない。

「しかし飼い主のところから逃げるなんて、高そうな割に頭の悪い猫だ」

八房は腕組みをした。

「野良ではだれもエサなんかやらないんだぞ、わかっているのかな」

「ふむ、野良人間の旦那が言うと説得力と含蓄がありますねえ、ホント」

「だ、だれが野良人間だ、コラ」

思わず八房が怒鳴った。

「俺は留置場の世話になったことはあるが、保健所の世話になったことはないぞ」

「旦那の現状を見る限り、それも時間の問題じゃないですかね」

「まだまだ捕まってたまるか」

八房は苦々しげに吐きすてた。

「おうい、弾正、まだ依頼人の家には着かねえのか」

バス停から降りて二十分ほど歩いたところで、流れる汗を手で拭いつつ、八房がうんざりした顔で弾正にたずねた。

「もう少し歩けば着きますよ。依頼人の夕月さんは、この先にある人造湖の近くで、ペンションを経営しているそうなんです」

「へえ、こんな観光名所もなさそうな場所でペンションを経営して採算が取れるのかね」

八房は絆創膏だらけの手を、あごに当てて首を軽く捻った。

セミがそこかしこでひたすらやかましく鳴き声を上げ、空気には濃厚な夏草の香りがただよう。目に入る風景は青汁をそこらにぶちまけたような緑一色だ。

自然だけはゲップが出るほど豊かだが、特別に風光明媚とも言いがたい。

「こう言っては地元の住人に失礼かもしれないが、貴重な休日をこんな辺鄙な場所で過ごす物好きな人間が、そんなに多いとも思えんな。俺なら用事でもなければ来ないね」

「貴重な休日って、求職中の旦那の場合は毎日が休日のようなものでしょうに」

キャリーケースを片手にさげて、弾正があきれたように言った。

「うるせえ、大きなお世話だ。俺は一般論を言っているのっ」

「はいはい、わかりましたよ、旦那」

すっかり八房の扱いにも慣れてきた弾正が、片手を軽く振りながら答えた。

「なんでもその人造湖がバス釣りの名所なんで、釣り客を相手にしているらしいですよ」

なるほど、そういう需要があるのか。八房は無言であごをなでた。

さらに十分ほど歩いて小さな丘を越えると、輝く湖面が二人の前に姿を見せた。水面の上を流れて、こちらに来る風が心地好い。

「おっ、あそこにあるのが依頼主のペンションですね」

八房は弾正が指した方向を目で追った。チョコレート色をした屋根が見える。

「やれやれ、これでようやく休めるな」

八房が小さく安堵の息をついた。


二人はようやく依頼人が経営しているペンションの近くへやって来た。

ペンションのほぼ正面に、砂利が敷かれた広めの駐車スペースが見える。やはりここへは車で来るのが普通で、八房たちのように徒歩で来るのは例外のようだ。

平日ということもあってか、駐車スペースに車は一台もない。

ペンションはチョコレート色の屋根に、白い壁の二階建ての建物だ。遠目で見るとそれほどでもなかったが、ここまで近づくとあちこちに補修の痕跡があることがわかる。建てられてから、それなりに年月が経過しているようだ。

「うむ、これぐらいならよかろう」

おもむろに腰に手を当て、八房は重々しくうなずいた。人生の盛りを過ぎたおじさんというのはとても悲しい生き物で、あまりにもオシャレで真新しいペンションだと、気後れしてしまうのである。

「適度にボロでないと、息が詰まっていかん」

仮にこの建物がパステル調のカラーで塗られた真新しい建物で、横にテニスコートなどあろうものなら、おそらく八房は敷地内に足を一歩踏み入れた瞬間、息が詰まって即死していたにちがいない。

また、バスフィッシングとはいえ、釣り客がメインである点も、この悲しいおじさんには、なんとなく好ましいように思われた。「釣り人」という言葉の響きに、物静かで孤独なイメージを勝手に感じたからである。

「あるいはこういう場所で心を癒すのは悪くないかもなあ。そうすることで就活も上手くゆくかもしれないし」

「さっきまでは『用事がなければ来ない』とか言っていませんでしたか」

弾正があきれたような目で八房を見つめた。

「はて、そんなこと言っていたか、俺」

八房はすっとぼけた表情で首をかしげた。

「この性格で、どうして旦那が人生を楽に生きられないのか、理解に苦しむよ、ホント」

ぼやきつつ弾正はドアのチャイムを鳴らし、インターホンへ話しかけた。

「ごめんくださいい、夕月さん、いらっしゃいますか。ご依頼をいただいた弾正です」

返事がない。少し間をおいて弾正が二度、三度とチャイムを鳴らすと、ようやくインターホンから返事が聞こえた。

「はい、ただいまそちらへ参ります」

さらに少し待つと、木目調の大きなドアが開いて、ジーパン姿の若い女が姿を見せた。

「お待たせしました。ペンション『レイクサイド・ムーン』へ、ようこそ」

若い女は二人にゆっくりと頭をさげた。

「ああ、どうもどうも、夕月さんですか」

そう言いながら弾正はキャリーケースを掲げた。

「いいえ、ちがいます。私は住みこみのアルバイトです」

若い女性は、自分の胸につけられた手作りのネームプレートを指さした。ネームプレートにはマジックペンで「風見琳子（かざみりんこ）」と書いてある。

「ははあ、アルバイトの人ですか。それでオーナーの夕月さんはどちらに」

弾正がそう言いつつ、ドアの奥をのぞきこんだ。

「キッチンでまかないの仕込みをしています」

「仕事の請求書を直接ご本人に渡したいんですが、会えますかね」

「えっ、お客さまじゃなく、お仕事でいらしたんですか」

「はい、あたしらは『３Ｄ』ってところの探偵でしてね。ここのオーナーの依頼で、迷子の子猫ちゃんを捜してきたんですよ。ほらね」

弾正はキャリーケースを風見の目の高さに掲げて、彼女に見せた。

「へえ、オーナーって、こんな猫飼っていたんだ」

風見がケースの中の猫をしげしげと見つめていると、猫は白く長い毛を逆立て、荒々しい警戒の呼吸音を発した。

「きゃっ、あまり人懐っこい子じゃなさそうですね、ふう」

小さな悲鳴を上げると、風見は顔をあげてため息をついた。

「お嬢ちゃん、この猫とは初対面かい」

横から八房がたずねる。

「はい、ここへは昨日来たばかりなんです。面接して即日採用していただいて」

「ええっ、そんなに簡単に採用されたのか。俺なんかバイトは不採用ばかりなのに」

八房が愕然とした表情でつぶやいた。

「旦那のアルバイト面接が不採用ばかりなのは、不思議はないとしても、来たその日に採用というのは、たしかにちょっとびっくりですね」

弾正も首をかしげた。

「よほど人手が足りていないんでしょうかねえ」

「ええ、きっとそうだと思いますよ。即日採用されて、私自身も驚きましたからね」

風見はあごに細い指を当てながら言った。

「ともかく中へどうぞ、オーナーを呼んできますから」

風見からペンションの中に入るようにうながされ、八房たちはペンションの中へ入った。

「玄関で靴を脱いで、屋内用のスリッパを履いてください」

そう言いながら風見は八房たちに下足箱を示した。

「このペンションは土足厳禁か」

「はい、靴を湖畔の泥で汚して釣りから戻られるお客さんも多いので、スリッパに履き替えてもらっているんです」

「なるほど、そういう理由ね」

八房と弾正は風見に言われた通りスリッパに履き替えた。

ペンションの内装も外見と同じでやや古いものの、掃除が行き届いているので、みすぼらしい印象はあまりない。風見が張りきって掃除をしたのかもしれない。

「さっきの話の続きだが、お嬢ちゃんも、よく即日採用なんて無茶振りに対応できたな。通いのアルバイトならまだしも、住みこみのアルバイトだろう」

八房にそうたずねられて、風見はかすかに動揺したように眉を動かした。

「実は私、日本中を旅行しているんですよ」

風見は廊下を歩きながら八房に言った。

「それで、ちょうどお金が心細くなってきたときに、バス停の横の掲示板でアルバイト募集の貼り紙を見つけて、ここへ来たんです」

「タイミングが良かったというわけかね」

「ええ、そういうことですね」

風見はやけに大きな身振りでうなずいた。

この娘、なにか事情があるな。元刑事の勘が八房にそう告げていたが、余計な詮索は不作法というものだ。八房はこの話題を続けることはやめた。


風見は八房と弾正をペンションの食堂へと案内した。食堂のテーブルは円形で、周囲に木製の椅子が並べてある。

設置された大きな暖炉が目を引く。仮にこの食堂の調度品から親分を選ぶとしたら、文句なしでこの暖炉が選ばれるだろう。

暖炉の内部には灰と煤がついているので、雰囲気を出すための飾りではなく、ちゃんと火を燃やして実用で使われているもののようだ。

棚の上や暖炉の上には、このペンションの周囲の四季の風景を撮影した写真が、素朴な写真立てに入れられて、いくつも飾られている。

　壁に取りつけられているのは大きめのホワイトボードだ。以前にこのペンションで出された夕食を撮影したと思われる写真が、マグネットでとめられている。

「豆乳鍋に焼き魚。特製肉ジャガに焼き魚。こっちは旬の野菜の天ぷらと焼き魚か」

「いやはや、焼き魚が大活躍ですね。毎日で飽きないのかな」

　ホワイトボードを見た弾正があきれたようにつぶやいた。

「大活躍というのも変な表現だが、たしかに多いな」

「もしかして釣った魚を料理しているとか」

「ここはバス釣り中心の宿だろう。ブラックバスは調理方法次第で、充分に食えると聞いたことがあるが、客商売の売りになるほどの極上の美味とも思えんぞ」

「ブラックバスじゃないですよ」

　写真が貼られたホワイトボードを見ながら他愛のない会話をしている二人に、風見が苦笑しつつ横から答えた。

「そう、あれはたしかニジマスの焼き魚でしたね」

「ふむ、この湖にはニジマスもいるのかな」

「どうでしょうか。あの湖は人造湖だから、放流されたブラックバス以外の魚はいないと思います。それに、もしいたとしても、湖で釣っていたのでは、夕飯のおかずの確保が覚束ないですから、魚屋さんに届けてもらったんだと思いますよ」

「なるほど、それもそうですねえ。たしかに仕事のある人間が、一日中釣りをしているわけにもゆかないものなあ。旦那みたいな無職じゃないんだから」

しみじみとそうつぶやく弾正に、八房は苦い顔をした。


「キッチンからオーナーを呼んできますね」

食堂の椅子に腰をおろした八房たちにそう言うと、風見は部屋の右手にある「キッチン」と書かれたドアを開けて、その中へ消えた。

「なんだかこのペンション、人の気配が希薄ですね」

弾正は不機嫌そうな猫を入れたペット用キャリーケースをテーブルの上へ置くと、食堂の中を見回して一言つぶやいた。

この男は元スリだけに、人の気配や態度の違和感に対しては、八房に勝るとも劣らない鋭敏な勘を発揮する。

「お客が来ていないんでしょうかね」

「ペンション正面の駐車スペースに車はなかったから、きっとそうだろうな」

八房がうなずく。

「土日なら釣り客でにぎわうのかもしれないが、今日は平日だ。泊まりに来るとしたら、せいぜい夏休み中の学生ぐらいだろう」

　八房は椅子の背もたれに寄りかかり、食堂を見回した。

「もちろんバス釣りが趣味の若いやつも多いだろうが、ここはどちらかというと、年長者向けの『穴場』だろうしな」

「どうしてそう思うんですか」

　弾正にたずねられた八房は軽く鼻を鳴らすと、壁のホワイトボードを親指でさした。

「ホワイトボードに貼られていた夕食の写真で見当がつくさ。あきらかに中高年好みのメニューだった」

「ああ、それもそうですな」

「そんなことより、お前は猫を見つけてから、依頼人に報告もせずにここへ来たのか」

「ええっ、わざわざ聞かなきゃ、そんなこともわからないんですか、旦那」

　弾正がおどろいたような顔をした。

「この猫を見つけたときから、旦那はずっと一緒にいたでしょう。あたしがその間、一度でもどこかに電話をかけましたか」

「いいや、かけてなかったよ」

　仏頂面で八房が弾正に答えた。

「でしょう。なら、あたしが依頼人に電話をかけられたはずがないじゃないですか」

椅子に腰かけた弾正が得意げに胸を張った。

「いや、まあ、それはそうなのだが、ええと、どう言えばいいのかな」

弾正は眉間にしわを寄せてしばし考えていたが、やがてなにかに気づいたように手を叩くと、弾正を指さしてこう怒鳴りつけた。

「あっ、そうだ、そういう問題じゃないんだよ」

「なんだかツッコミが入るまで時間がかかりましたね、旦那」

「う、うるさい、お前は真顔でナチュラルにボケるから、こっちもつい『あれっ、そうかな』と思ってしまうんだ」

「旦那ぐらいじゃないですかね、そんなの」

弾正は軽く肩をすくめた。

「ともかく、社会人としてここをおとずれる前に、先方へ連絡ぐらいしておくのが常識というものなんじゃないか」

そう言いながら激しくテーブルを叩いた八房を、弾正が冷ややかな目で見つめた。

「でも、そういう雑用は助手である旦那の仕事じゃありませんかねえ」

「うっ、言われてみれば」

八房が思わずテーブルに置いた手を握りしめる。

「しかし俺がお前の下働きというのは、やはりプライドが」

「旦那は『3D』に借金があるんだから仕方ないでしょう」

まったく言いたいことを言いやがって。説教をしてやるつもりだったのに、これでは藪蛇ではないか。八房は顔をしかめた。


「それにしても風見さん、遅いですね」

弾正が風見の入ったドアを見つめながらつぶやいた。

「キッチンからオーナーを呼んでくるだけのはずなのに」

そう言われれば、彼女がドアの向こうに消えてから、もう十分も経過している。

「なにかトラブルでも起きたんですかねえ」

「あっ、さては依頼料を払うのが惜しくなって逃げたか」

いきなり大声を出して八房が立ちあがった。

「もしそうなら冗談じゃないぞ、俺の借金返済まで遅れてしまうじゃないか」

「いや、旦那じゃないんですから」

止めようとする弾正の言葉に耳を貸すこともなく、八房は「キッチン」と書かれたドアの前まで行き、軽くノックした。

「むむっ、おかしいぞ、返事がない」

八房はドアノブに手をかけて回した。鍵はかかっていない。八房はそのままドアを開けて、キッチンの内部を見回した。

規模は小さいながらも家庭用のものとはあきらかに異なるプロ用の厨房器具に、業務用の冷蔵庫。そしてステンレスの作業台と多数の食器棚。

壁にはインターホンがある。手が離せない調理中でも来客に対応するためか、受話器を取るタイプではなく、通話ボタンを押すタイプだ。

キッチンの中にはだれもいない。勝手口が開いていて、室内用のスリッパが二つ並んでいる。一つは成人男性用と思われる大きめのもの。もう一つは先ほどまで風見の履いていたスリッパである。

「外用の履物に履き替えて、あそこから出たのか」

すぐに八房は勝手口まで行き、そこから身を乗りだして外を見た。勝手口の外はペンションの裏庭である。

腹を見せて、生い茂る夏草の中にひっくり返されているボートがまず目を引いた。水に浮くかどうかもあやしい骨董品で、赤い塗料が退色してピンク色になっている。もう長いこと使っていないようだが、ペンションのボートなのだろうか。

八房から見て右手には日よけのついた駐車スペースと、オーナーのものと思われる濃紺の大型の四輪駆動車が見える。

左手側にあるのは大きめの納屋(なや)だ。納屋の周囲には薪が積まれている。

裏庭の外は先が見えないほど深い藪と雑木林に囲まれている。入れないことはなさそうだが、わざわざ足を踏み入れるような場所にも思えない。

八房は裏庭を見回してすぐに、木製のサンダルを履いた風見の後ろ姿を遠くに見つけた。

「おうい、お嬢ちゃん、なにをしているんだ」

八房からそう声をかけられて、風見はこちらを向いて手を振った。

「あっ、探偵さん。オーナーがキッチンにいなかったもので、ペンションの周囲を捜していたんです」

「オーナーはキッチンで仕込みをしていたんじゃないのか」

「はい、そのはずだったんですけど、いないんです」

八房は、もう一度キッチンの中へ目をやった。サツマイモや山菜が作業台の上に置いてある。たしかに下ごしらえの途中のようだ。今日は客がなく、まかない二人分ということで材料の量は多くはない。

また、ガスコンロの火は消えているが、上に置かれている鍋からは湯気が上がっている。ほんの少し前まで、ここで湯を沸かしていたことはまちがいないようだ。

八房は腕を組んでしばし考えてから、風見にこう言った。

「わかった、俺たちも裏庭に行こう。玄関で靴を履くから待っていてくれ」

すぐに弾正と八房は玄関から外へ出て裏庭へ回り、風見と合流した。

「お嬢ちゃんが最後にオーナーを見たのはいつだ」

「探偵さんたちが来るほんの少し前ですよ。オーナーがキッチンにいるのを見ました」

首をかしげている風見へ、八房がさらにたずねた。

「少し前というのはどれぐらいだ」

「一分もないと思います」

「俺たちが来る前までの行動を、ちょっと説明してくれるか」

「いいですよ」

風見は納屋の前に出してある薪を指さした。

「お二人が来る少し前まで、私はオーナーとあそこで薪割をしていました」

そう言いながら風見は二人に絆創膏を貼った手を見せた。

「慣れない仕事をしたせいで、ちょっと傷を作ってしまいました」

「ふむ、薪割ね」

風見の手を一瞥すると、八房は納屋の近くへ歩いた。鉄製の納屋の扉は赤錆びていて、外側の閂（かんぬき）と南京錠で厳重に閉じられている。

その周囲に出された一山ほどもある薪の中に、切り口がまだ新しい割られた薪が一抱えばかりロープで束ねられている。

「ここに出してある薪は二人で納屋から出したのかな」

「いいえ、あらかじめ出してありましたよ」

「そうなると作業は薪割だけか。たしかに重労働かもしれないが、割られた薪の量から見るに、二人がかりでやった仕事とも思えないな」

「ああ、それは私が『薪割は初めてだ』と言ったので、オーナーが『危ないから』とそばで見ていてくれたんです」

「なるほど、コツがわからないと危険な作業だからな」

もっともらしい顔でのたまう八房に、弾正が感心したようにたずねた。

「へえ、旦那は薪割をしたことがあるんですか」

「いいや、俺もやったことないけど、なんとなくそう思っただけだ」

「ああ、さようで」

弾正が諦めの表情でつぶやいた。

「で、薪割を終えてからどうした」

「オーナーは、そのまま勝手口からキッチンへ行き、夕食の下ごしらえを始めました。出かけるような素振りもありませんでしたよ」

「あんたはどう行動した」

「使った斧を工具箱にしまって、その工具箱をスタッフルームに片付けてから、掃除機をかけるために二階の廊下へ行きました。そこでチャイムが鳴って」

「あたしたちが来たというわけですな」

弾正が風見の言葉を補足した。

「しかしお嬢ちゃん、あんたはどうしてオーナーが外にいると考えたんだ」

親指を立てて背後のペンションを指しながら、八房が風見にたずねた。

「こういう場合、まずペンションの中にいると考えるのが自然じゃないのか」

「それはキッチンの勝手口のドアが開いていたからです。さらにオーナーの室内スリッパが脱いであって、代わりにサンダルがなくなっていましたから」

風見が勝手口のドアを指さした。

「ペンションの中に用事があるなら、食堂へのドアからここを出ると思います。勝手口から裏庭に出たのは、外に用事があったからだろうと思ったんです」

「なるほど、そういうわけか」

今の風見の証言に不自然な点はない。八房はとりあえずそう判断した。

「下ごしらえの途中で足りなくなった材料があったので、買いものに行ったんですかね」

弾正があたりを見回した。

「それなら車が残っているのはおかしいんじゃないのか」

八房は納屋の横に止めてある濃紺の四輪駆動車を指さした。

「はい、たしかにあれはオーナーの車です。徒歩では一番近い商店まで、片道三十分ぐらいかかりますから、歩いて買いものに出かけたとは考えにくいですよ」

「だろうな。俺たちもここに来るまで延々と歩いた」

八房がややうんざりした顔でそう言った横から、弾正がさらに風見にたずねた。

「ほかの乗物、たとえばバイクや自転車はないんですか」

「いいえ、このペンションにはないはずです」

風見が首を横に振った。

「私も今朝、オーナーに言われた買いものをするため、あの車を使わせてもらいました。ほかの乗物があればそっちを使っています」

「さらにオーナーは彼女と同じくサンダル履きのはずだからな」

八房が風見の足元を指さしながら言った。

「仮にオーナーが徒歩で用事を済ませようと考えたとしても、やはり勝手口から出たのはちょいと不自然だ。食堂から玄関へ行って、ちゃんとした靴を履いたはずだぜ。サンダル履きでは、長い距離を歩くのには向いていないからな」

「はい、私もそう思って、ペンションの周囲を捜していたんです」

風見がそう言い終えると、八房は難しい顔で腕組みをした。

「やはり俺たちがたずねて来たから、あわてて逃げたのかもしれないぞ」

「どうしてオーナーが、あたしたちから逃げなきゃならないんです」

冷たい目をしながら弾正がたずねた。

「そりゃお前、探偵への依頼料を踏み倒すために決まっているだろうが」

「それは絶対にありませんよ、旦那」

あきれ顔の弾正が小さなため息をついた。

「猫捜しは依頼料が払えず失踪するほど高額な仕事じゃありません」


八房がなにかを思いついたような顔で、腕組みを解いて手を叩いた。

「そうだお嬢ちゃん、オーナーに電話をかけてみてくれ」

「あっ、そうか、わかりました」

風見はポケットから携帯電話を取りだして電話をかけた。

「あれっ、だめです」

携帯電話を耳に当てながら風見が首をかしげた。

「オーナーの携帯は、電波が届かないか電源を切っているみたいです」

「この周辺の携帯の電波状況はどうなんだ」

「悪くはありませんよ、ほら」

そう言いながら風見が携帯電話のディスプレイを八房たちに見せた。電波状況を示すアンテナのマークは良好を示している。

「ふむ、あたしの携帯も同じですね」

ポケットから取りだした自分の携帯電話を見て、弾正が言った。

「旦那の携帯はどうですか」

弾正にたずねられて、八房が苦い顔で答える。

「俺は携帯を持っていないんだよ、無職だから」

「とにかく、オーナーがこの短時間に徒歩で行ける範囲なら、電波が届いていないってことはないと思います」

「なるほど、そうなると意図的に電源を落としているのか」

また少し考えて、八房は風見にたずねた。

「オーナーに家族はいるのか。もし、いるならその人に連絡をすれば」

しかし八房が言い終えるより早く、風見は首を横に振った。

「いません。一人暮らしだとおっしゃっていました」

「一人暮らしか」

八房がそう言いながらあごに手を当てたのとほぼ同時に、風見が脱力したように姿勢を崩した。弾正と八房があわてて駆け寄って、両側から彼女を支えた。

「おい、大丈夫か、お嬢ちゃん」

「す、すいません、なんだか疲れと暑さでまいっちゃったみたいで」

弱々しい声で風見は八房たちに答えた。日本中を旅しているという割には、彼女はどうも線が細いように感じられる。

外見が華奢(きやしや)で体力不足だというだけではなく、なんというか精神的に疲弊しているように思われるのだ。

「とりあえずあんたは中に戻っていたほうがいいな。オーナーは俺たちで捜すから」

風見が勝手口からペンションの中へ入ると、弾正がふと思いついたようにひっくり返ったボートを指さして八房に言った。

「そうだ、この船の下はどうでしょう」

「おい、ナメクジやダンゴムシを捜しているんじゃねえぞ」

あきれたような顔で八房は肩をすくめた。

「でも、見てみなきゃわかりませんぜ」

八房へそう言いながら、弾正は夏草の中で逆さまになっているボートに近づくと、両手で端を持って力をこめた。ボートはかなり軽いものだったようで、十人並の弾正の腕力でも簡単に持ちあがった。

「おやっ、これは」

「どうかしたのか。まさか本当にオーナーがいたのか」

「いいえ、大工道具が落ちているだけです」

「大工道具だと」

「はい、それもまだ新しいやつです。見てくださいよ」

弾正にうながされ、八房もかがみこんでボートの下をのぞきこんだ。

「なるほど、新品というわけではないが、汚れも錆もないな」

そのまま八房がボートの下に落ちていた工具の種類をたしかめる。

「ペンキを塗るローラーに水平器、そして小さなスパナが一束か。ふむ」

あごへ手をやりながら八房は顔をあげた。

「ボートの修理に使ったのを置き忘れたにしてはチグハグな道具だな」

ボートの塗装は著しく退色している。仮にローラーを使ってボートにペンキを塗ったなら、ボートはもっと鮮やかな色をしているはずだ。

さらにこのボートにはスパナを使ってボルトで締めるような部品は見当たらず、水平器にしても使い道があるとは思えない。

「まあ、大工道具が自然にこんな場所に入ったとは思えないから、意図して置いたものであることはまちがいないだろうが、目的がわからん」

ボートを持ちあげたまま弾正も首をかしげた。

「もしかして、なにか後ろめたいことに使ったとか」

「どうかなあ。ペンキを塗るローラーや水平器なんて、大工道具の中では無害な部類の道具で悪事に使いようがない。スパナの束にしても一本の長さは十数センチしかない。凶器にならないこともないが、そこらの木の棒で武装したほうがましだと思うぞ」

「それもそうですね」

弾正は首をかしげたままそう言うと、ボートを元に戻した。

「しかし、オーナーはどこへ消えたんでしょうね、旦那」

「さあな。これが都会なら、急用ができたオーナーがサンダルつっかけて、ちょいと店を空けたとしても、なんら不思議な話ではない。だがここは事情がちがう」

「まあ、言ったら悪いですが、こんな辺鄙な場所だと、サンダル履いて徒歩で用足しに出かけたというのは考えにくいですもんね」

「そういうことだ。自家用車が残っていることから考えても、オーナーが遠くまで行ったとは考えにくい」

弾正はしばらく考えて、今度は納屋を指さした。

「では、あの納屋の中にいるなんてことはないですかね」

「あるわけないだろ」

弾正の考えをあっさりと否定しながら八房は首を横に振った。

「納屋の扉は外からしか施錠できない。あの中にオーナーが隠れているなら、どうやって中から外の門をかけて、南京錠まで施錠したんだよ」

「なるほど、それもそうですな」

弾正は目を閉じて頭をかいた。

「まあ、あたしたちの思いもよらない理由で外をほっつき歩いている可能性もないとは言えませんぜ。どうしますか、旦那」

八房はしばらく考えると、勝手口へ目をやった。

「やはりペンションの内部を調べてみよう」

「どうしてですか、旦那」

「オーナーの雲隠れに関係があることかどうかはわからないが、あのお嬢ちゃんの態度、どうもなにかを隠している気がする。現場の客観的な情報を集めたい」

勝手口からキッチンへ戻った八房は、真っ先に業務用の冷蔵庫の扉を開けた。

冷蔵庫の中を一目見た八房は舌打ちした。

「チッ、食えそうなものはないな」

「食べられるものがあったらつまみ食いするつもりだったのかな、この人」

弾正が小さな声でつぶやいた。

八房は冷蔵庫の扉を閉めると、キッチンの壁に設置されたインターホンの操作パネルへ視線を移して、弾正に指示をした。

「おい弾正、ちょっと外へ行って、玄関のチャイムを鳴らして、俺を呼べ」

「はあ、チャイムですか」

不思議そうに弾正が首をかしげる。

「そうだ。俺がインターホン越しに次の指示を出す」

「へい、合点承知です」

一声そう言って、弾正は勝手口から外へ出ていった。しばらく待っていると、キッチンの壁にあるインターホンからチャイムの音が鳴り響き、弾正の声が聞こえてきた。

「旦那、聞こえますか」

八房はインターホンの通話スイッチを押した。

「聞こえるぜ、弾正。一度通話を切るから、お前はもう一度チャイムを押して、俺が通話ボタンを押すまで待機していろ」

「わかりました」

八房がインターホンを一度切ると、再びチャイムが鳴って弾正の声が聞こえた。

「旦那、もう一度押しましたよ」

八房は弾正の声を確認して、キッチンから食堂へと出た。

「あっ、探偵さん。またお客さんが来たみたいですね」

「気にしなくていい。客じゃない。俺たちでちょっとしたテストをしているんだ」

椅子から立ちあがろうとしている風見を八房は片手をあげて制した。

「ところでお嬢ちゃん、俺たちがここへ来て玄関のチャイムを鳴らしたとき、あんたはどこのインターホンを使って答えたんだ」

「廊下にあるインターホンです」

「たしかチャイムが聞こえたとき、あんたは二階にいたんだったよな」

「はい、それで出るのが遅れてしまったんです。どうもすいませんでした」

「いやいや、責めているわけじゃない。ただの確認だ。ありがとうよ」

八房は風見にそう言うと、食堂から廊下へと出てインターホンを捜した。

「これがそうみたいだな」

廊下の壁にキッチンと同じタイプのインターホンが設置してある。八房は通話スイッチを押した。

「おい、聞こえるか、弾正」

「はいはい、バッチリ聞こえますよ、旦那」

インターホン越しに弾正が返事をした。

「で、旦那、ここからあたしはどうすればいいんですか」

「もう戻ってきて大丈夫だ。キッチンと廊下、どちらのインターホンも正常に機能していたことを、確認できたからな」

八房と弾正がここへ来てチャイムを鳴らしたとき、インターホンの通話ボタンを押して返事をしたのは、廊下のインターホンから離れた二階にいたという風見だった。

もし八房たちがここへ到着したとき、オーナーがキッチンにいたのなら、すぐ近くにあるキッチンのインターホンで、オーナーが先に返事をしていたはずだ。

「オーナーが俺たちから逃げたのでなければ、俺たちがこのペンションに来てチャイムを鳴らしたとき、オーナーはすでにキッチンにはいなかったというのが、この不自然さを一番シンプルに解釈する仮説だろうな」

しかし風見と別れてから八房たちがおとずれるまでのほんの一分間のうちに、姿を消す理由が突然できたというのは、別な意味で不自然な気がする。

このままペンションの中を捜索して、それでもオーナーが見つからなければ、もう一度風見から話をよく聞く必要がありそうだ。

「彼女がなにかを隠している可能性は高い、か」

弾正が戻ってくるのを待ちながら、八房は食堂へ続くドアへと目をやった。

それから八房と弾正が手分けして、ペンションの中で入ることができる場所を一通り捜し終えても、オーナーの姿を見つけることはできなかった。

食堂に戻った八房は、椅子に座っている風見へたずねた。

「昨日、ここへ来たばかりのあんたが気づけることなんて、そんな多くはないとは思う。だが、些細なことでもいい。どこかおかしいと思うようなことはなかったかな」

「このペンションで、おかしいと思ったことですか」

とまどいの表情を見せつつ、風見はそのまま八房に聞き返した。

「ああ、気になるところはなかったかな」

風見はしばらく考えていたが、やがて目を閉じて首を横に振った。

「私はよくわかりません」

「なるほど、そうか。では質問を変えよう」

八房は軽く片手をあげた。

「俺たちはこのペンションのほとんどの部屋を調べた。客室も含めてほとんどの部屋は施錠されていなかったが、その中で鍵がかかっているドアが一つだけあったんだよ。玄関の近くにある白っぽいドアなんだが」

「そこはスタッフルームですね。事務室も兼ねています」

事務室を兼ねているなら、売上金などの保管もそこでしているはずだ。普段から施錠されているのは当然だろう。

「そこを調べることはできないものかな」

風見は少しだけ考えてから、八房にうなずいた。

「わかりました。私が鍵を開けます」

「あんたはスタッフルームの鍵を開けられるんだね」

「はい、スタッフルームの予備の鍵は持たされていますから」

バイト二日目にしては、やけに信用されているな。八房は心の中だけでつぶやいた。

「部外者である俺たちだけで入るわけにもゆくまい。体調が悪いところすまないが、あんたも調査に立ち合ってもらえるかな」

「わかりました」

風見は椅子から立ちあがって食堂から出るドアへ歩いた。そして彼女がドアノブを握ろうとしたその刹那、食堂の隅に無言で立っていた弾正へ八房が目配せをした。

「おっと、すいません、あたしはちょっとトイレに行ってきますんで、スタッフルームは二人で調べておいてくださいな」

弾正は大きな声でそう言うと、食堂のドアを開けようとしていた風見をやや荒っぽく押しのけてドアをくぐり、早足に食堂の外へ出た。

「おい弾正、ちょっと乱暴だぞ。危ないじゃないか」

「へい、すいません。急いでいたもんで」

頭を軽くさげると、弾正はそのままトイレのほうへ歩いていった。

風見が開錠したスタッフルームのドアを開けると、八房は入り口から首だけを差し入れて、室内を見回した。

「ふむ、やはりオーナーはいないか」

「どうぞ探偵さん。パソコンやファックスなんかも、この部屋に置いてあります」

先に室内に入った風見は、八房も中に入るようにうながしながら、部屋の奥にあるパソコンやファックスが置かれた大きな机を指さした。

パソコンの電源ランプはついているものの、休止状態になっているため画面は真っ黒である。部屋に入った八房はパソコンの前へ行くと、電源スイッチを軽めに押した。

休止状態が解除され、画面にパスワードの入力画面が表示される。

「お嬢ちゃん、このパソコンのパスワード知っているか」

風見は首を横に振った。

「それではパソコンの内容は見られないな」

八房は少しだけ残念そうな顔をしてそう言うと、壁にかけられているコルクボードへ目を移した。

「ファックスも重要な内容のものは来ていないな。貼られている枚数も少ない」

コルクボードにピンでとめられたファックスやメモ用紙を見ていた八房は、素朴な額縁に入った一枚の写真にふと目を止めた。

「お嬢ちゃん、この写真はなんだい」

「オーナーの昔の写真ですよ」

額縁の写真には二人の男が写っている。

「二人のうち、どちらがオーナーなんだ」

「えっ、顔を知らないんですか」

「恥ずかしながら、俺は助手というか手伝いでね。依頼人の顔を見たことがないんだ」

「左の人です」

なるほど。右のほうは目つきが悪いヤクザ風の人物であるのに対し、左のほうはいかにも穏やかなナチュラリストといった風貌である。

「右の男は常連客なのかな」

見た目は悪人だが、写真には満面の笑みで写っているから、意外とオーナーとは仲が良いのかもしれない。まあ、オーナーはさして楽しそうな顔でもないので、一方的な友情かもしれないが。

八房がそんなことを思っていると、廊下から弾正の大声が聞こえてきた。

「風見さん、廊下に財布が落ちていますよ」

「ええっ、お財布？」

思わず風見がGパンのポケットへ手をやった。

「あっ、ポケットのお財布がない。それはきっと私のです」

「そうですか、気をつけたほうがいいですよ」

廊下から弾正がのんびりと言った。

「すいません、ちょっとお財布を取ってきます」

「ああ、行ってらっしゃい」

弾正のやつ、いいタイミングで彼女に声をかけてくれたな。そう思いながら八房はパソコンデスクに一つだけある引出しを開けた。

この部屋に入ったときから、風見の視線はずっとこの引出しに集中していた。それを見逃すほど八房も鈍ってはいない。

引出しには履歴書が二枚だけ入っていた。八房は素早くその内容を確認した。書かれた日付は二枚とも同じだ。一枚は風見琳子の履歴書。そしてもう一枚は。

「なるほど、こいつは興味深い」

八房は口元に笑みを浮かべると、履歴書に書かれている名前と内容をしっかり記憶してから、なにくわぬ顔で引出しを元のように閉めた。

スタッフルームを調べ終えると、八房と弾正はまた後日に出直す旨を風見に伝えて、猫の入ったキャリーケースを持ち、そそくさとペンションをあとにした。

「旦那、この暴れ猫はあそこに置いてきてもよかったんじゃないですかねえ」

キャリーケースを掲げながら弾正がぼやいた。

「またこの猛獣の世話をするのは気が進みません」

「依頼の成果は依頼人に直接渡して、まちがいがないようにするのが、こういう仕事の鉄則のはずだぞ」

「そういうもんですかね。あたしはいつも適当にやっていますけど」

「そんなんだから、お前はいつまでもランクが上がらないんだよ。まったく」

それからしばらく歩いてペンションが見えなくなる距離まで来ると、八房は横を歩く弾正へ声をかけた。

「で、収穫はどうだった」

「結論から先に言いますと、彼女があたしらに名乗った『風見琳子』って名前は偽名ですね。財布の中にあった運転免許証の名前は別の名前でした」

「フン、やはりな」

車で買いものに行ったということは、風見は免許証をもっているはずだ。そう考えた八房は、ペンションの中を一通り調べ終えて食堂へ戻る前に、風見の財布をスリ取って中を確認するように弾正へ指示をしておいたのである。

そこで弾正は、トイレに急ぐふりをして風見にそれとなく体をぶつけ、彼女のポケットから財布をスリ取り、トイレの中でその中身を確認したのである。

「彼女の本当の名前だが、もしかしてそれは『岩井芳枝』って名前かな」

「はあ、たしかにそうですけど、旦那はどうしてその名を御存じで」

「スタッフルームで見つけた履歴書にその名があった」

「ええっ、それは本当ですか」

弾正が目を丸くした。

「そこにはさらにもう一枚、『風見琳子』の履歴書もあったんだな」

「どういうことなんでしょう」

歩きながら弾正が腕を組んで首をかしげた。

「もっとおかしなことを聞かせてやろうか。その二枚の履歴書だが、名前以外の内容もまったくの別物だったが、書かれた日付は一緒で、筆跡もそっくりだった」

「アルバイトの応募者が、もう一人いたというような単純な理由ではなさそうですね」

「ああ、もう少し事態はややこしいと思うね」

八房が首を横に振る。

「とりあえずお前が見た運転免許証の情報を元に身元を調べれば、あの娘の正体は簡単にわかるだろう」

「どうします。あたしらで調べますか」

「今、俺たちがあのペンションを離れるのも、ちょいと具合が悪い気がする」

「では、そちらは眞子ちゃんにでも調べてもらいますか」

少し考えて、八房は弾正へうなずいた。

「そうしてくれるか」

八房は足を止めると、さらに弾正へ言った。

「それから弾正、もう一つ質問なんだが」


二人組の探偵と入れ替わるように、その日の夕刻がペンションにやって来た。

太陽が西に傾くと、緑に囲まれた水辺のペンションは、それだけで一枚の風景画のようになる。とはいえ、この美しい景色はお世辞にも快適とは言えない。日が落ちて涼しくなることで、周囲が藪蚊の天下となるからだ。

せっかく外では湖から涼しい風が吹いているのに、窓を厳重に閉じてエアコンと電気蚊取りを稼働させておかねばならない。

網戸というやつはどんなに完全に閉まっているように見えても、必ずどこかから蚊の侵入を許すものなのである。

「そうか、探偵さんに無駄足を踏ませたのか。それは悪いことをしたなあ」

帰ってきたオーナーが食堂の窓から外を眺めながら大きくため息をついた。

「そうですよ。今までどこに行っていたんですか、オーナー」

風見にたずねられて、オーナーは照れくさそうに頭をかいた。

「キッチンの窓の外に珍しい鳥を見つけてね。つい我を忘れて外で観察していたんだ」

「オーナーらしいですね」

布巾を片手に風見が苦笑した。

「探偵さんたちは後日、また来るそうです。今度はいきなり姿をくらませたりしないでください ね」

食堂のテーブルを拭きながら風見はオーナーへ言った。

「探偵さんは、さぞかし怒っていただろうね」

「いえ、そうでもなかったですよ。『事前に連絡していなかったこちらも悪い』とおっしゃっていましたから」

「そうか。それはありがたいな」

オーナーは一息つくと、あらためて食堂の窓から外を見た。

「それにしても、すっかり日が落ちたね」

「ええ、そうですね」

「車での買いものに薪割に掃除。きみは本当に一日中よく働いてくれたよ」

「お仕事ですから当たり前です。まだやることがあるなら、なんでも言ってください」

笑顔でそう答えた風見に、オーナーは目を細めて首を横に振った。

「いやいや、外もかなり暗くなってきたし、今日はもう客が来るようなこともないだろう。仕事は終わりだ」

そう言いながら、さりげない足どりでオーナーは風見の背後にまわり、おもむろに彼女の細い首へ手をかけた。

「そう、もうきみの仕事は終わりだよ」

オーナーは両手に力をこめて風見の首を絞めた。風見は必死に逃れようとしたが、並の女性よりさらに華奢な彼女では、男の力に抗うことなどまず不可能であった。

風見が絶望しかけたそのとき、聞き覚えのある大きな声が聞こえた。

「はい、三流サスペンスはそこまで」

いきなり食堂のドアが開いて二人の男が土足で乱入してきた。

「だ、だれだ、貴様らは」

風見の首に手をかけたままオーナーが怒鳴った。

「聞かなきゃわからんのか。こういうシチュエーションで颯爽（さっそう）と登場するのは、正義の味方と決まっている」

二人のうち、年上の男が悠然とオーナーに告げた。

「はい、自称オーナーさん、依頼されていた迷子の猫ちゃんですよ」

若いほうの男がそう言うと、キャリーケースを開けて、中にいた猫の首根っこを持ってつかみだし、そのままオーナーの頭めがけて放り投げた。

赤ん坊と猛獣を合わせたようなすさまじい声を上げながら飛翔した白い毛の塊が、オーナーの頭から顔面にかけて深々と爪を立てた。

「ひいいっ」

オーナーが悲鳴を上げて風見の首から手を離し、思わず顔面を押さえる。そこへすかさず二人が飛びかかって、オーナーをたちまち食堂の床へ押さえつけた。

「猫の人見知りも、使いようによっては役に立ちますな」

オーナーを取り押さえた若いほうの男、弾正が得意げに言った。

「ううむ、いきなりあんなふうに投げつけられりゃ、たとえ本当の飼い主にでも爪ぐらい立てると思うけどなあ。まあ結果オーライか」

年上の男、八房が微妙な表情をしながらつぶやいた。

「お嬢ちゃん、大丈夫かね」

なおも暴れるオーナーを押さえつけながら、八房が風見にたずねた。

「はい、なんとか」

絞められた首を押さえながら風見が答えた。

「旦那、ありましたぜ。やはり自分で身に付けていました」

オーナーのポケットをさぐっていた弾正が、小さな鍵を掲げた。

「でかした。おそらくこいつが納屋の南京錠の鍵だ」

八房は風見のほうへ顔を向けた。

「電話で警察を呼んでくれ」

「ええっ、警察ですか。でも」

警察という言葉に、風見の表情があからさまに曇った。

「あんたの事情はわかるがね。ぼちぼち頃合いだと思うよ、岩井芳枝さん」

「し、知っていたんですか」

八房はうなずいた。

「ああ、失礼ながらあんたのことは少し調べさせてもらった。職場での人間関係のトラブルが原因で三日前に失踪したそうだね。ご家族から警察に捜索願が出ているよ」

「そうでしたか」

「きみの悩みはわかってやれないかもしれないが、俺も人の親でね。きみのご両親がどういう気持ちでいるのかはよくわかる。これ以上、心配をかけるべきではないと思うな」

観念したように風見琳子、いや、岩井芳枝がうなだれた。


それから三時間後。八房と弾正は地元の警察署にいた。

犯人は明確であったため、自分たちの身分と事件についての簡単な説明を終えると、八房たちは重大な事件にしては比較的早めに解放された。

しかし、この時間ではもう町へ戻るバスはない。弾正が鍋島眞子に電話をして、自家用車で迎えに来てもらうまで、二人は警察署のロビーにあるソファーに座って時間をつぶすしかなかった。

何度目かのあくびを八房が嚙み殺したところで、鍋島が警察署へやって来た。

「お待たせしました。弾正くん、先輩」

「よう、すまないな。いそがしいのに」

八房はソファーに座ったまま、警察署へやって来た鍋島へ軽く手をあげた。

「猫捜しの依頼が殺人事件に化けるとは、二人とも大変でしたね」

鍋島が腰に手を当ててため息をついた。

「納屋の中に本物のオーナーの惨殺死体。夏にはちょうどいい肝試しだったぜ」

「あたしはまだ気分が悪いですよ」

額に濡らしたハンカチを載せた弾正が青い顔でぼやいた。

「だらしないやつだ。お前だって死体を見るのは初めてじゃないだろう」

「そりゃそうですけど、ああいうスプラッターな仏さんは初めてですよ」

弾正にそう言われて、八房があごをなでた。

「ふむ、それもそうか。なにしろ斧で惨殺だからなあ」

「そうですよ、先輩。血まみれは慣れていないときついですよ」

鍋島も平然とした顔で八房に言った。元刑事の二人は弾正とはちがい、死体慣れしているのである。

「しかし依頼主が死んだのでは、今回の仕事の依頼料はどうなるんだ。オーナーに家族はいないんだろう」

「そこは法律に従って処理されると思います。取りはぐれることはないでしょうね」

鍋島が冷静に八房へ答えた。

「眞子ちゃん、この猫はどうしようか」

「オーナーに親族がいればその人に面倒を見てもらうよう頼んで、それが駄目なら新しい飼い主を探すしかないわね」

「ってことは新しい飼い主が見つかるまで、まだこいつと一緒か。まいったね」

やっとのことでもう一度キャリーケースに閉じこめた猫を見つめて弾正がぼやいた。

「まあ風見さん、じゃなかった、岩井さんの命だけは救えたし、いいじゃないか」

八房がめずらしく鷹揚に弾正をなだめた。

「そうですね。藪蚊に全身を食われながらも、旦那と我慢して張りこんでいた苦労は報われましたよ」

弾正が自分の腕を見つめながら軽くため息をついた。猫を再びキャリーケースにしまうときに引っかかれた傷と藪蚊に刺された痕で、八房と弾正の腕は、かなり痛々しいことになっていた。


八房はソファーに寄りかかるようにして、頭の後ろで手を組んで天井を見あげた。

「それにしても、スタッフルームにあった写真の人物のうち、目つきの悪いヤクザ風の男が善良な本物のオーナーで、落ち着いた紳士風のほうが悪人の偽オーナーだったとはね。つくづく人は見かけで判断できないもんだ」

「でも偽オーナーとしては、自分が姿を隠している間に、オーナーの容姿についての話題が出ないか肝を冷やしたんじゃないでしょうか。そうなれば食いちがいが出ますし」

鍋島がそう言いながら軽く腕を組んだ。

「まあ、ビジネスで来た以上、その場にいない相手の容姿についての話は、失礼だからしないだろうという計算はあったと思うぜ。岩井さんにとっては雇い主だしな」

八房は鍋島のほうへ顔を向けながら、彼女の疑問に答えた。

「それに顔の印象なんて個人差があるものだし、顔はともかく体型はよく似ていた」

「ところで先輩、その偽オーナーの犯行の動機はなんだったんですか」

「刑事の話によれば怨恨などではなく、ただの金銭目的だったようだな。偽オーナーは温厚そうな見た目によらずギャンブル好きの借金まみれで、幼なじみが経営しているペンションに目をつけたらしい」

そう言うと、八房は軽く肩をすくめた。

「ま、友人はちゃんと選ばなきゃダメってことだ」

「そうですね」

「そう思います」

弾正と鍋島がほぼ同時に答えて、八房の顔を見つめた。

「おい、どうして二人ともそこで俺を見る」

「深い意味はありません。まだ大丈夫です、旦那」

「そうです。まだ大丈夫です、先輩」

「まだってなんだよ、まだって。普通に『大丈夫』だけでいいだろ、そこは」

八房のその抗議には答えることなく、弾正と鍋島は無言で目をそらした。

「ほら、いつまでも拗ねてないで、パパッと事件の講義をお願いしますよ、旦那」

「チェッ、わかったよ。お前を一人前にするのも俺の仕事だからな」

まだほんの少しだけ不機嫌さを顔に残しつつ、八房は話を始めた。

「あの偽オーナーは昨日の夕方近くに、あのペンションをおとずれ、持参した斧で本物のオーナーを殺害した。殺害現場はおそらく裏庭だろうな。犯人は殺害したオーナーから納屋の鍵をうばい、遺体をその中に隠してから家捜しをはじめた」

「ふむふむ、ここまでは普通の強盗事件ですね」

「ところがその家捜しの最中、バス停にあった求人依頼を見た岩井芳枝が、飛びこみでここへ面接にやって来たんだな」

「ここから事態がややこしくなったわけですな。なるほど」

弾正が額に載せたハンカチを取りながら言った。

「もし、彼女がオーナーの顔見知りだったなら、あの男はそのまま殺害していただろう。しかし彼女はここへ初めて来た人間で、家出中で持ち金を使い果たしているという。そこであいつは彼女をただ殺すのではなく、オーナー殺しの罪をなすりつけてから殺害することを思いついたんだ」

「だからこそ家出中の彼女をあっさり雇ったわけですね。家出中なら外部に積極的に連絡することはまずありませんから」

「そういうことだ。彼女に理解のある温厚なオーナーのふりをして、彼女をここで働かせて、ペンション内に彼女の痕跡をたっぷり残させたってわけさ」

ここまで八房が話し終えると、弾正は不思議そうに首をかしげた。

「でも、どうして旦那はペンションのオーナーがおかしいと思ったんです」

「なんとなく不自然さは感じていたが、具体的におかしいと思ったのは、この真夏に納屋から薪が出してあって、さらにオーナーの指示で岩井さんが薪割をしたということを聞いてからだな」

「はあ、薪ですか」

思わず弾正が聞き返す。

「そうだ。この暑さで暖炉での暖房に薪を使うのは論外だ。厨房設備は近代的で煮炊きに電気とガス以外の火力を使う必要性はない」

「はあ、たしかに」

「キャンプファイヤーをするには、彼女の細腕で割った数ではまるで足りない。ブラックバスは食用になるとはいえ、きちんとした下処理をしないと臭いから、客が湖畔でちょっとした焚火をして、焼いて食べるなんてこともまずない。ならばなぜ薪は外に出された」

「つまり薪自体に用途はなかったってことでしょうか」

横で話を聞いていた鍋島が、あごに手を当てながら弾正の代わりにつぶやいた。

「そういうこと。さすがは鍋島くんだな」

八房は満足げにうなずいた。

「どうして薪が外に出してあったのか。それは薪が必要だったからではない。本当に必要とされていたのは、薪が入っていた分の納屋のスペースだ」

「なるほど、発想の逆転ですね」

鍋島が感心したように軽く手を叩いた。使い道のない薪が納屋から出してあるのは、薪の代わりになにかをそこへ入れたからではないか。八房はそう考えたのである。

「偽オーナーが岩井さんにわざわざ薪割をさせたのは、説明するまでもないよな。凶器の斧に彼女の指紋をつけるのが目的だ。親切なオーナーが、軍手もつけさせず女の子にああいう作業をさせたというのも、俺には違和感の一つだった」

「たしかに彼女の手には傷ができていましたもんね」

絆創膏を貼った岩井の手を思いだしながら弾正が言った。

「その岩井という人は、人を殺した斧で薪割をさせられていたわけですね」

鍋島が形の良い眉をひそめた。

「もちろん血を洗って彼女に使わせていたわけだが、血液反応は洗っても出るからな。警察が死体の傷口から凶器を斧と特定して、工具箱から斧を見つけてその血液反応と指紋を調べれば、彼女が殺した証拠と判断されるって寸法だ」

「偽オーナーが薪割をする彼女の近くにずっとついていたのはどうしてです、旦那」

「そいつは単に心理的な問題だろうな。死体を隠してある納屋の近くに、彼女を一人で行かせたくなかったんだよ」

「では、いくつかの工具がボートの下に落ちていたのは」

「工具箱に斧を入れるスペースを空けるため、工具箱から抜いた大工道具を隠しておいたんだよ。これは推測だが、最初にボートの下に隠されていたのは、偽オーナーが持参した凶器の斧だろう。それを昨日の夜中にでも工具箱の中の道具と入れ替えたのさ。もちろん斧の血は見た目だけきれいにしてな」

「なるほどねえ」

「まったくの偶然だが、この事件から感じた不自然さには『元からそこにあったものを出して、新しいものを入れた』という共通の原因があった。納屋から薪を出して、死体を入れた。工具箱から道具を出して、斧を入れた。そしてペンションから本物のオーナーを出して、偽のオーナーを入れた。というわけだな」

八房は少しだけ得意げに鼻の頭をかいた。

「さて、そうやって彼女が痕跡をペンションに残したら、あとは彼女を殺して死体をどこか遠くに捨てちまえばいい。それには彼女の痕跡が残されたオーナーの自家用車を使うつもりだったんだろう。彼女が車で逃げて乗り捨てたように見せかけようとしたんだ」

偽オーナーが岩井にわざわざ車での買いものを頼んだのは、車のハンドルやシフトレバーに彼女の指紋をつけさせて、運転席の位置を彼女の体型に合わせておくためだ。

彼女が車を放置したように見せかけるには、彼女が運転するときの座席の位置を知っておく必要があったのである。

さらに岩井の姿を付近の住民に目撃させておく目的もあっただろう。彼女は人目を避ける立場だから、オーナーがどんな人かを店の人と話すことはまずない。

「ところが、そうやって彼女に罪を着せる準備が万全に整ったところで、猫を届けにあたしらが来たわけですな」

「そういうこと。オーナーが姿を消した理由を難しく考える必要はなかった」

八房は苦笑しながら両手をひろげた。

「キッチンから消えた理由は、最初に俺が言った通りだったのさ。偽オーナーはインターホンでの来客を見てペンションから逃げた。それだけだ」

「仕事を依頼した相手なら、本物のオーナーの顔を知っていますからね」

「そう、だから俺は帰るふりをした道すがら『もう一つ質問なんだが』と、お前にオーナーの人相を確認したのさ。そうしたらお前の言うオーナーの容姿は、写真を見ながら彼女が示してくれた人物の容姿と、まるで真逆だった。俺はそれで確信したね」

八房は肩をすくめた。

「あちらさんとしては、あの状況では逃げるしかなかった。殺害するにしても相手が男二人ではさすがに分が悪いからな。実際、俺たちで簡単にあいつを取り押さえることができたわけだし」

「でも旦那は、岩井さんがオーナーに危害を加えたって可能性は考えなかったんですか」

「それはなかったね」

八房はあっさりと弾正へ答えた。

「それなら俺たちがここへ来たときに応対するはずがないだろう。俺たちが帰るまで居留守を使えばいいだけだ。わざわざ招き入れて、オーナーを捜させはしないさ。だから彼女は本当にオーナーの行方を知らないと俺は判断した」

「なるほどねえ。あっそうだ旦那、もう一つ」

ふと思いついたように弾正が顔をあげた。

「岩井さんの本名と偽名で履歴書を二枚作ってあったのはなぜです」

「それは彼女が偽オーナーに作るように頼んだだけだろうな。仮に警察が自分を捜しに来たとき、ペンションで働いているのは別人だとごまかすために用意したんだ」

「ややこしいけど、わかってみればシンプルな事件でしたね」

「ああ、そうだな」

八房は弾正へうなずいた。

「アドリブで組み立てた事件で、難解なトリックは介在しなかったからな」

事件についての説明をとりあえず終えると、八房は少しリラックスしたようにソファーの上で姿勢を崩した。

「岩井さんは、これからどうするんですかね」

弾正がふと、つぶやいた。

「さあね。俺たちが助けてやれるのは冤罪と殺人犯からだけだ。それ以外はあの子が自分でどうにかするしかないさ」

この事件の取り調べが終われば、岩井はとりあえず家族のところへ帰るだろう。だが今回の一件で、彼女が自分の抱えている問題の根本的な解決を得られたわけではない。また思いつめて失踪する可能性も高い。

「逃げてもどうにもならん。そのうち彼女も気づくだろうよ。俺みたいにな」

八房は自分に言い聞かせるようにつぶやくと、鍋島に向かって手を差しだした。

「ほれ、いつもの早く。いっそ一思いに、さあ」

「なんですか、先輩」

不思議そうにたずねる鍋島に、八房は手を差しだしたまま、ふてくされたような顔で答えた。

「なんですかって、きみに仕事を頼んだことへの請求書だよ。どうせまた俺の借金が増えたって、いつものパターンだろ。早くよこせ」

それを聞いた鍋島は一瞬だけ目を丸くすると、苦笑しながら八房に言った。

「そのことならご心配なく。今回は電話一本で調べられたことですし、さすがにこんなことで私への依頼料は発生しませんよ」

「ほほう、なんともめずらしい」

今度は八房が目を丸くした。

「いやあ、最近では俺に請求書を持ってくるのが、きみの趣味なんじゃないかと思うようにすらなっていたよ」

「先輩の中で私はどれだけヒマなサディストなんですか」

さすがに鍋島も苦々しげに顔をしかめた。

ポンコツ探偵、語る

えへへ、どうもこんにちは。

本日はお忙しい中、お時間をいただきありがとうございます。約束では二人で来る予定だったんですが、来るはずだったもう一人が、急に風邪をひいてしまいましてね。俺一人で推参した次第です。

おっと、名刺ですか。いや、これはどうもご丁寧に。ほう、これはなかなか洒落た名刺ですな。なんとも今風だ。

しかしまあなんですな。今は名刺も個性的になっていますよねえ。この前も【何色の名刺でもOKです】と印刷屋のチラシに書いてあったんで、てっきり写真なんかをフルカラーで印刷した名刺も作れるという意味なのかと思ったら、そうではなくて台紙の色を選べるってことなんですな。

俺は今のところ名刺を持っていないので、口頭で自己紹介させていただきます。八房って言います。はい、ヤツフサモンジロウね。

えっ【俺の職業】ですか。ええと、その、昔は警察官をしていました。刑事です。天下の警視庁捜査三課から一課を渡り歩きました。

うん、輝いていたなあ、あのころの俺。

ええっ、過去の職業ではなく現在の職業ですか。うむむ、現在の俺の身分ねえ。

あのう、それ言わなきゃダメなんでしょうか。はあ、どうしても言わなきゃダメ、あはは、そうですよねえ。ええと、その、天下りの一種で自由業をしております。

はあ【具体的に】ですか。だから自由業っていったら自由業なんですよっ。自由業って答えで、あんたになんか不都合があるんですかっ。

チクショー、テメエ、コノヤロウ、キエエーッ。

あっ、すいません。ゲンコツで机を叩いてすいません。つい激昂してしまいました。

はあ、やはり一般的な礼儀として言わなきゃならないんでしょうね。

刑事をやめてから、いろいろなアルバイトを転々としていましたが、紆余曲折あって、今では探偵の助手をしています。

そうです。探偵ではなく、探偵の助手です。助手とはいってもただの下働きではありませんよ。俺はいわゆる外部バドワイザー、じゃなかった、サンバイザー、でもなくて、アドバルーン、でもなくて。なんだっけ。

そう、その【アドバイザー】ってやつです。あなた、なかなか博識ですな。えっ【普通の知識】ですって。あはは、またまたご謙遜を。

とにかく、俺自身が探偵ではないにせよ、外部サンバイザー的な重要なポジションにいるわけです。

まあ探偵業なんて、堅気の人は知らないほうがいい世界ですよ。もう何一つとして、まともじゃありませんからね。

　年下の金メダル級のバカが上役だし、仕事はただひたすらきついし、働くほど借金は増えるし、文句なしの悪徳企業です。あ、今はブラック企業って言うんでしたっけ。

　とにかく、ただでさえすり減っている俺の魂が、カツオ節のようにさらにゴリゴリと削られるわけですよ。そのあと鍋でお出汁(だし)をギューーッと取られてね。スカスカになったところで、最後に猫のゴハンにまぶされちゃう。

　でも今の猫なんて贅沢だから、こっちがゴハンにまぶされていても見向きもしない。すました顔をして「ニャー」とか言いながら、缶詰なんか食っていやがる。

　そういえばこの前、安いツナの缶詰があるなあと思って買ってきたら、これがキャットフードでしてね。あんまり悔しかったんで、お醤油かけて食ってやりました。

　割とうまかったです。

　はあ【キャットフードの話はしなくてもよろしい】ですか。それではやはり猫マンマの話ですか。おや、それもしなくていい。

　というか、なんの話をしていたんでしたっけ。ああ、そうか。俺の仕事でしたね。

　私だって痩せても枯れても元桜田門。探偵として正式な採用を取れないってわけじゃありません。でも、正式に探偵の身分になっちまったら、事件を追う因果な稼業から、もう二度と抜け出せない気がしましてね。どうもそういう気になれんのですよ。

とりあえず私の職業については「探偵よりすごくえらい探偵助手」と覚えていただければ大丈夫です。

えっ、【何が大丈夫か】って。そりゃ私の自尊心に決まっているでしょうが。

今の仕事はすぐやめるつもりなんで、名刺を作っていないというわけですよ。だから私の肩書については、そこのところにメモでもしておいてください。

ああっ、肩書の前半が重要なんですから、くれぐれも削らないでくださいよ。カツオ節じゃないんですから。

ふむ【カツオ節ももういい】ですか。いや失礼しました。

まあなんですな。よく言われることですが、実際の探偵業はフィクションとちがって、浮気の調査みたいな仕事ばかりです。殺人事件なんて遭遇したこともない。

いや、待てよ。うむむ。

あのう、すいません、ちょっとだけ訂正します。少しは殺人事件にも遭遇しました。はい、ほんの少しだけですけど。

いやいや、待てよ。ほんの少しどころじゃないぞ。むしろ俺が探偵の手伝いをしていて、殺人事件に遭遇しなかったことのほうが少なかったですな。いやはや、すごい遭遇率だ。たまげた。

このデータから鑑(かんが)みて、まちがいなく世の中は物騒になっておりますぞ。きっと俺のような優秀な人材が警察からいなくなったせいです。

だから今からでも遅くない。治安の回復のためにも、警察庁あたりの権限で俺を警察へ呼び戻すべきですな。

とはいえ、こっちにも矜持(きょうじ)ってもんがありますからね。さすがにタダで戻るというわけにはゆきませんよ。なんだかヤクザ者みたいな物言いになりますけど、相応の誠意ってものを見せてもらわなきゃいけません。

そうですな。もし警察庁の官房長クラスが、おのろけ豆の詰め合わせでも持参して頭をさげてきたら、戻ってもいいですね。

いや、もう官房長クラスが来なくても、おのろけ豆だけくれればいいかな。好きなんですよ、おのろけ豆。

でも今の若い子に、おのろけ豆って言っても通じないんですよね。いや、もちろんお菓子自体は知っているんですけど、名前を知らないんです。

俺の元部下の女の子も、おのろけ豆って名前を知りませんでした。俺ほどじゃないにせよ頭の良い子で、欠点と言えば男を見る目が壊滅的にないことぐらいなんですが、そんな賢い子でも知らなかったんですよ、おのろけ豆。

いやね。今回こちらへうかがうにあたって、なにか手土産でもと思いまして、

「手土産ならおのろけ豆なんてどうだろう」

と、私はふとつぶやいたんです。そうしたら、

「おのろけ豆ってなんですか。そういう品種の豆ですか」

なんて聞いてきたんです。あらたまって聞かれても困りますよね。

「ほら、その、あれだ、丸いセンベイで中にお豆が入っているあれだ」

しどろもどろになりつつ、そう答えるしかない。うん、我ながら「要領を得ないなあ」とは思いましたよ。大体あなたね、よく考えたらセンベイなんてものは、そもそもほとんどの種類が丸いんですから。ええ、先方はこんなふうに聞き返してくるわけです。

「ピーナッツ入りの南部センベイみたいなもののことですか」

いや、丸といってもそういう丸ではないわけで。しばらく考えてから、ようやく数学における円と球体の差異を伝えればいいことに気づいて、あらためてこう伝えます。

「球体のセンベイで中に豆が入っているのだ」

おおっ、これは我ながら正鵠を射た説明ではないか。そう思って膝を打ち、相手の顔を見ると、まだ怪訝な顔で首をかしげている。イメージができてないんですな。

でも、重度のピーナッツアレルギーでもない限り、おのろけ豆を一度も食べたことがない日本人なんか、まずいません。もし実物を見せたなら、もう一発で、

「ああ、それのことだったんですね」

と、こうなるはずなんです。そこがもどかしい。

要領を得ない彼女を見ているうちに、こうなったら実物を見せたほうが早いと思いましてね。すぐさまなけなしの千円札を握りしめ、サンダルをつっかけて、近くのコンビニエンスストアに行きました。

はい、千円がそのときの俺の全財産でした。

俺は最寄りのコンビニへ行き、さっそくおのろけ豆を探しました。ところがおのろけ豆はなかなか見つからない。

ああいうものは自宅の耳かきなんかと同じで、いざ探そうとするとなかなか見つからないものなんですな。

しょうがないんで、俺は店員を捕まえてたずねました。

「ああ、きみ、おのろけ豆はどこかね」

そうしたら、その店員こう返しやがった。

「おのろけ豆ってなんですか。そういう品種の豆ですか」

俺はそれを説明するために買いに来ているわけです。自分でも理不尽だと思いますが、次の瞬間、俺は店員にこう怒鳴っていました。

「おのろけ豆って言ったら、おのろけ豆なんだよ、オノロケマメッ、マメーッ」

次の瞬間、店員のこちらを見る目に恐怖の色が浮かびました。

聡明な俺はすぐさま己のあやまちに気づき、満面の笑みをたたえつつ、猫をなでるような声で店員に言いました。

「いや、俺はあやしい者ではない。ただ、おのろけ豆の説明のために、おのろけ豆が欲しいだけなんだ。ほら、お金もこの通り持っているから」

そう言いながら、俺はポケットから持参した全財産であるクシャクシャの千円札を取りだし、ひろげて店員に見せつけました。

なにしろそのときの俺は比較的身ぎれいでしたからね。お金を見せれば、あやしい者ではないと、わかってもらえると思ったんです。

ひげは一昨日に剃ったばかりだったし、床屋へはひと月前に行っていました。上着もすりきれてはいましたが、破れてはいなかった。ズボンの裾だってほつれて垂れ下がっていたのは片方だけです。もう片足の裾はちゃんとしていましたからね。

しかしどういうわけか、俺を見る店員の目がさらに警戒感を増しました。明らかに恐れおののろけ、じゃなくて、恐れおののいていました。俺は焦りました。

「警察を呼ぶのだけは勘弁してくれ。もう留置場に入るのはたくさんなんだ」

これがよくなかった。

「ああ、やっぱりそういう人だったんだ」

店員はそうつぶやき、非常事態が起きていることを外部に示すボタンを押しました。たしかに俺は留置場のお世話になったことがありますよ。でも、それはすべて誤解なんです。無実の罪なんです。

俺はさらに弁解しようとしました。しかしすでに店員の目は、レジの奥にある防犯用のカラーボールのほうへ向いていました。

カラーボールはまずい。あれは一度つくと汚れが落ちないんですよ。一張羅を汚されたのではたまらない。

「わかったっ、この通り抵抗はしない。だからカラーボールはダメだ」

一声そう叫ぶと、俺は床に大の字になって寝ころびました。

ほどなくして駆けつけた警察官に連行されつつ、俺は、もうこのコンビニには行けないなあ、などと考えておりました。

ええと、どれどれ、ふむ【それからどうなったか】ですか。

応対したのが顔なじみの警察官だったので、少しだけ書類を書いてから釈放されましたよ。おのろけ豆についての悲劇的な経緯を警察で話そうとしたら、

「あなたの話は頭が痛くなるので結構です。とっとと帰ってください」

そう言われましてね。なんでも最近、偽造パスポートで国籍を偽って入国した外国人窃盗

団による被害が、市内で多発していて、俺の相手どころじゃないそうで。

あはは、不幸中の幸いというやつですな。いや、これは笑いごとじゃないか。

ともかく、そうやって警察から解放された帰り道、お菓子屋の店先で、ようやく俺はおのろけ豆を見つけましてね。やれ嬉しや、盲亀の浮木、ウドンゲの花、ここであったが百年目ってやつです。

思わず店先で小躍りしたせいで、危うくまた通報されそうになりましたよ。

そんなこんなでおのろけ豆を買って帰ってきたら、そこに忌まわしいバカが来ていましてね。はい、バカです。今はとりあえず仕事上の俺の上役となっているバカです。しかもバカの分際で風邪をひく珍種ときている。

俺は「鬼は外」と叫びながら、おのろけ豆をぶつけてやろうと考えて、とっさに身構えました。しかしこれを手に入れるため、自分がどれほど苦労したかを思いだし、ぶつけることだけは、かろうじて踏みとどまりました。

そのバカはいけしゃあしゃあと俺にこう聞いてきました。

「どこへ行っていたんですか」

「彼女への説明のために、おのろけ豆を買ってきたんだ」

俺はぶっきらぼうにそう言って、おのろけ豆を見せました。そうしたらそのバカは、こともなげにこう言いやがる。

「ああ、そのことなら片付きましたよ。あたしが説明しました。彼女はちゃんと納得していましたから、安心してください」

「なんだと」

俺は思わず目を丸くしました。俺が説明できないものが、こんな愚かな男にできるはずがないと思ったんです。

「どうやって説明したんだ。たとえお前がおのろけ豆について知っていたとしても、上手く説明できるとは思えないぞ。この理知的な俺にだって不可能だったんだからな」

「こんなこと、スマホで検索すれば十秒でわかりますよ」

俺は愕然としました。

「だって携帯電話とか持っていないし、無職なんだもん、俺」

俺は苦虫を噛みつぶしたような顔で、そう言いわけするのがやっとでした。


そのまま二人が帰ってしまうと、一袋のおのろけ豆だけが、俺の前に残されました。

おのろけ豆を説明するため費やした俺の苦痛と恥辱に満ちた数時間は、スマホのわずか十秒に負けたのです。

もう悔しいやら、なさけないやらで。暗い部屋で一人、おのろけ豆の箱を見つめているうちに、俺は涙が出てきました。

「ああ、なんてかわいそうで、役立たずのおのろけ豆」

俺にはこのおのろけ豆がなんともいじらしく、また不憫に思えてきました。

「こいつは俺だ。このおのろけ豆は俺だ」

俺はひしと抱きしめました。えっ、なにを抱きしめたかですって。そりゃあんた、おのろけ豆の箱に決まっているでしょうが。

いや、大丈夫ですよ。そんな顔しないでください。ちゃんと正気に戻りましたから。強く抱きしめたら箱がひしゃげて、中のおのろけ豆が少し砕けてしまいましてね。急に醒めてしまったんです。

「うむ、あらためて見れば、やはりこれはただの豆菓子にすぎん。俺じゃない」

俺は大きくうなずくと、そのまま砕けたおのろけ豆の箱を開けて、お醤油をかけて食べてしまいました。

はあ【お醤油をかけた理由】ですか。そりゃあんた、味が薄かったからに決まっているじゃないですか。塩でもよかったんですが、お醤油のほうが好きですし。

でもまあ、お醤油にまみれたおのろけ豆を口へ運んでいるうちに、自分の生活におけるお醤油の摂取量が、さすがに多いのではないかと思えてきたのも事実です。

どうも自分は自暴自棄になると、ドバドバとお醤油をかける癖があるようでして。

「これは塩分過多で血圧や腎臓などによくないのではなかろうか」

お醤油をおのろけ豆にさらに注ぎこみながら、俺はさらに思いました。

「一度病院に行って、精密検査してもらったほうがいいかもしれないな」

えっ【少なくとも頭の中身は手遅れ】ですって。あはは、これは手厳しい。あなた、初対面の相手になかなか辛辣な毒吐きますな。ぶっとばしますよ、マジで。

でもまあ、本当に健康が一番ですよ。まあもっとも、あなたは昨年、咽喉に大病を患ったばかり。俺なんかに言われるまでもないことでしょうな。

そんな経緯でおのろけ豆を全部食べちまったところで、これがあなたへの手土産だということを、ようやく思いだしたんです。俺なんかとちがって、役立たずどころか重要な役目があったんですな。

あの、ここは軽く流して、笑うとこですからね。そんな気の毒そうな顔をしながら、しみじみとうなずかないでください。

まあ、ともかく食べちゃったものはしょうがない。しかし新しいおのろけ豆を買う金なんてない。

いろいろ考えた挙句、完全な手ぶらは失礼かなと思い、おのろけ豆の空き箱だけをお持ちしました。謙遜抜きでつまらないものですが、どうぞお受け取りください。

おや【要らない】ですか。

でもこの空き箱、ちょっとひしゃげていますが、案外と役に立つかもしれませんよ。そうですな。工作に使えばロボットとか作れるかもしれません。ガンダムみたいなやつ。

ふむ、やっぱり要りませんか。それはどうも。

まあ、他愛のない世間話はこれぐらいにしましょう。そろそろ本題に入りますよ。

ほんの半月ぐらい前のことです。この市内に住んでいたある女性がお亡くなりになりました。おっと、この人の死に事件性はありませんよ。死因は心不全です。

それまで彼女の身体に目立って悪いところはなかったので、彼女の死は周囲には青天の霹靂ではありましたが、病死であることは医師が証明しています。

探偵の仕事を依頼してきたのは、その女性の一人息子です。

依頼人は母子家庭で育ちました。父親は依頼人が生まれる前に死別したと、母親から聞かされて育ったそうです。

母親に特別な技能などはなく、二人の生活は楽とは言えませんでしたが、母子はどうにか人並の生活をすることができていました。それはある人物から、定期的に金銭的な支援があったからです。そう、母子には「足長おじさん」がいたのですよ。

依頼人がその事実を知ったのは、自分の家庭の事情を鑑みて、大学進学を諦めようとしたときでした。母親はそのとき初めて支援があることを明かして、息子に進学を諦める必要がないことを説明したのです。

そして大学に進学した依頼人は、在学中に仲間とＩＴの会社を起こし、卒業するころには大きな成功を収めました。そして結婚して家庭を築き、事業を拡大して、今では市内で賃貸マンションを一棟経営するほどになりました。

そんなわけで、依頼人は支援をしてくれた人物に非常に、感謝も信頼もしていました。ところが、その人物に会ってきちんとお礼をしたいと依頼人が言うたびに、母親はいつも厳しい顔でこのように答えたそうです。

「教えることはできない。お前にあの人への感謝の気持ちがあるなら、あの人のことを詮索してはいけない」

そのうち、依頼人の心の中に一つの疑念が浮かぶようになりました。もしかしたら支援をし続けてくれたその人物が、自分の本当の父親かもしれない、とね。

はい、もちろん依頼人は、幼いころから死別した「父親」の写真を見ていましたし、どのような人物だったかを親戚や周囲の人間から聞いています。もちろん戸籍の記録もあれば、仏壇の位牌も墓もちゃんとあります。

依頼人の母親の夫が死亡したことは、まちがいない事実です。しかし母親の死んだ夫が自分の実の父親とは限らない。

彼も大人ですからね。そういう可能性を想起しないはずがありません。

疑念というのは一度思い浮かぶと、どんどん奇怪に醜く膨れあがるものです。その疑念に彼は苦しめられるようになりました。

そこで彼はその人物を捜すことを、探偵社に依頼したのですよ。

ああ、誤解のないように言っておきますが、依頼人はその人物の今の生活を壊すようなことは一切望んでいません。真実を知りたい。彼の望みはただそれだけです。

だからこそ俺たちも、この仕事を引き受けることにしたんです。


長年疑念を抱えてきた彼が、探偵に調査を依頼することを決心したのは、先ほど述べた母親の死がきっかけです。

母親は、自分たちを支援してくれた人物が何者かは息子に教えませんでしたが、自分がその人物の正体を知っていることや、面識があることまでは隠しませんでした。それどころか年に数回ほどですが、その人物に会いに出かけることさえあったのです。

あくまでさしさわりのない範囲ではあるものの、その人物と会ってどのような話をしたのかを教えてくれることもありました。

だから依頼人は、いずれ母親がその人物について教えてくれるときが来るだろうと、漠然と考えていました。今すぐに母親に無理強いして真相を語らせる必要はないとね。

しかし母親はその人物の正体を明かさないまま急死してしまいました。

実は依頼人の母親が急死したのは、久しぶりにその人物に会いに出かけて、自宅に帰ってきた直後だったんですよ。息子夫婦と母親は同居していましてね。自宅に帰ってきた母親は息子にこのようなことを言ったそうです。

まあそのときは、何げなく聞いていたため、依頼人も一言一句を正確には覚えていなかったのですが、おおよそこんな内容です。

久しぶりにあの人に会えた。あの人は、お前のマンションの住人の人数をしきりに気にしていたようだった。別れ際にマンションの住人の人数を、きちんと確認したほうがいいと伝えるよう言われた。と。

母親が心不全で亡くなったのはその日の夜でした。

母親の葬儀を無事に終えると、依頼人は二つのことをしました。一つは先にもうしましたように、探偵社にその人物の身元をさぐるよう依頼すること。もう一つは、母親が最後に残した言葉に従い、マンションの住人の人数を確認することです。

彼の抱いた疑念は、その人物への信頼とはまた別の問題でしたからね。忠告されたならば素直に従おうと思ったのです。

もしかしたら書類で把握している住人の人数と、実際にそこで暮らしている人数に、差異があるのではないか、そんなことを考えながら。

依頼人のマンションは、それほど大きなものではありません。ワンフロアー三部屋の四階建てで、鉄筋コンクリート造りのそれなりのマンションです。

一階に部屋はないので、マンション全体の部屋は九部屋。空部屋が二つあるので、現在は七世帯が入っています。

結果から先にもうしあげますと、書類上の人数と実際の住人の人数に、まったく差異はありませんでした。二階に二世帯、三階に三世帯、四階に二世帯。

どの家も子どもはいません。独身者や若い夫婦向けの賃貸マンションでしてね。一人暮らしが三世帯。夫婦で住んでいるのが二世帯。出稼ぎに来ていてルームシェアで二人暮らしをしているのが二世帯です。

いや待てよ、ルームシェアは世帯とは言わないのかな。まあ、あくまで便宜上ここでは世帯としておきます。

もちろん空き部屋に何者かがもぐりこんで、こっそり暮らしていたなどという気味の悪いこともありませんでした。四階と二階にあるマンションの二つの空き部屋の鍵には、無理に開けられた形跡などなく、内部に人が生活していた痕跡もなかったそうです。

なぜその人物が母親に、住人の人数を調べるように伝えたのか、依頼人にはさっぱりわからなかったそうです。

彼がマンションの住人について調べ終えたころ、今度は俺たちの調査が始まりました。

問題の人物は、ある弁護士を通じて親子に支援をしていました。ならば、その弁護士から話を聞けばいいと思われるでしょうが、話はそう簡単ではない。

あちらさんにも守秘義務というものがありますからね。絶対に秘密にするという条件で引き受けた仕事を、軽々しく話したのではプロ失格です。

実際、依頼人はその弁護士に、支援をしてくれた人物がだれなのか、これまで何度もたずねたそうです。しかしその弁護士は情報をもらしませんでした。おそらく依頼人の秘密は墓場まで持って行くタイプでしょう。

まあ弁護士なんて、それこそピンキリですけど、このような複雑な事情がある問題を預けられただけあって、相当のやり手で口が堅い弁護士です。俺たちは弁護士から、その人物をたどることは、早々に諦めました。

次に俺たちは、母親が最後にその人物から伝えられたメッセージが、手がかりにならないかと考えました。

その人物についての一番新しい情報がそれでしたし、なによりその言葉は、どうにも不自然なものでしたからね。

なぜ、その人物は依頼人の母親に、マンションの住人の人数を確認するよう伝えたりしたのか。そこに正体をつかむための手がかりがあるかもしれないと思ったんです。

そこで俺たちはまず、マンションの住人名簿を依頼人に見せてもらうことにしました。その旨を伝えると、依頼人は快諾して金庫を開けてくれました。ええ、名簿は依頼人の事務所の金庫に保管されていたんです。今は個人情報の保護が厳しくて、そういうものの取り扱いが、なかなか慎重になっているんですな。

依頼人が見せてくれた名簿には、片仮名でマンションの住人の名前がずらりと並んでいましたよ。

ふむ、それからどうなったか、ですか。

もちろん謎は解決しましたよ。実際に俺たちがマンションに行くまでもありませんでした。謎は事務所でその名簿を見たことで解けたんです。

さあ、この奇妙な伝言の真相、あなたはおわかりになりましたか。

おや、おわかりにならない。そうですか。

いやなに、もったいぶるような真相ではありません。

いいですか。俺が見たマンションの住人名簿に並んでいた名前は片仮名でした。普通、こういった名簿に片仮名で名前は書きません。漢字を使います。

しかしその名簿には片仮名の名前しかありませんでした。片仮名で住人の名前を表記するしかありませんでしたから。

なぜなら依頼人のマンションの住人は外国人ばかりだったからです。

考えてみれば、出稼ぎに来て二人でルームシェアをしているというのも、日本人よりはむしろ外国人に多いケースでしょう。

ここで最初にした名刺の話を思いだしてください。いや、俺の悲惨な人生のことじゃなくて、印刷屋のチラシの件です。

印刷屋は色の種類を示す意味でチラシに【何色】と書いたのに、それを見た俺はカラー印刷のこと、つまり色の数のことだと思った。これもそれと同じだったんですよ。

おそらくその人物は依頼人の母親へこう伝えたのです。

【マンションに住んでいるのは『なにじん』か、きちんと確認しておいたほうがいい】

はい、そうなんです。その人物はマンションの住人の人数ではなく、国籍を調べるように依頼人の母親にアドバイスしたんですよ。

先ほどもほんの少しだけ話に出ましたが、ここ最近、市内では外国人による窃盗が多発していますからね。しかもその窃盗団は、国籍を偽って入国した可能性が高いという。

きっと依頼人の母親と会っている間に、その話題がちらっと出たんでしょうね。だからその人物は、外国人ばかりのマンションの店子が、国籍を偽っていないか確認しておくよう、別れ際にでも母親に忠告したんです。

ただ、それをしゃべって伝えたのではありません。その人物は筆談していたんです。つまり「なにじん」を漢字の何と人で【何人】と書いた。依頼人の母親はそれを見て「なんにん」と思いこんだわけですな。

なんのことはありません。答えがわかってしまえば実にあっけない話です。もし二人がもう一度会えていたなら、きっと笑い話になったことでしょうね。

しかしこちらとしては、ここでまた新しい疑問が出てきました。

どうしてその人物は、母親にわざわざ筆談でそのことを伝えたのかということです。声に出して伝えたのであれば、こんなまちがいをするはずがありません。

メールや手紙を通じて交流していたというのならともかく、依頼人の母親は、その人物に会いに行って対面したのですからね。

もしかしたら母親は、その人物と直接会うことができず、メモでメッセージを受けとったのでしょうか。

いいえ、ちがいますね。彼女は「会ってきた」と息子に言っていました。もしメモだけを受け取ったなら「会えなかった」と言っていたはずです。

では二人は対面して文字を見ることができたが、口頭では物事を伝えられない状態にいたという可能性はどうか。たとえば分厚い防音ガラスの向こう側にいたとか。

自分から言っておいてなんですが、これはあまりにも考えにくい。対面している二人の間に防音ガラスがあるシチュエーションなんぞ、なかなかありません。

たとえばラジオなんかの放送室なら、外の音声が入らないように防音ガラスがあるかもしれません。しかし収録中や生放送中なら、大勢の人が周囲にいるはずです。極秘にしておきたい関係の人物と会う機会を設けるとは思えません。

そうなると口頭による情報のやり取りができなかったのは、周囲の状況に原因があったのではなく、当事者たちに口頭の会話ができない理由があったと考えられます。

先ほど俺は「彼女の身体に目立って悪いところはなかった」と言いましたよね。つまり依頼人の母親に聴覚の障碍はありません。

そうなると問題の原因があったのは、もう片方の人物のほうということになる。その人はなんらかの障碍で声が出せなかったのではないでしょうか。

仮にそうだとしたら、その人物がそのような状態になったのは、ごく最近であると思われます。その人物が昔から発声に障碍を持っていたのなら、お互いにその状態に慣れていたはずですからね。

少なくとも筆談の際に、今回のような勘ちがいをまねいてしまうことはなかったでしょう。なるべく誤解が生じにくい書きかたをする習慣が身についていたはずです。

たとえば【マンションに住んでいる人の国籍を調べておくこと】みたいにね。

さて、ここまで条件が絞れたなら、あとは地道な足の捜査ってやつですよ。依頼人の親子に関わったことがある人物で、つい最近、声を出せない状態になった人を捜せばいいわけですから。

ははは、たしかに大変でした。しかしそれが刑事や探偵の仕事の基本ですからね。

さて、どうして俺があなたのところへ来たのか、もうおわかりですね。

先ほどからあなたは、こうして俺と筆談でお話をしていらっしゃる。昨年のご病気で咽喉の手術をされて以来、声が出せなくなったからです。

もし今までの俺たちのやり取りを、音声だけで聞いていれば、俺が延々と一方的に話しまくっているように思われるでしょうね。

でもまあ、俺はあなたの書いた文字を見て、なにげなく「どれどれ」なんて言っていましたし、案外と注意深い人なら気づくかもしれません。

しかしあとで報告書にあなたとのやり取りを書くときは、もう少しわかりやすく工夫しておいたほうがいいかもしれませんね。

そう、たとえば文字で書かれた内容については、カギカッコの形を変えておくとか。

おっとっと、落ち着いて。そんなに震える手で書かれたら文字が読めませんよ。

俺は無理にあなたがたの過去に踏み入ろうなんて考えてはいません。

あなたが依頼人の本当の父親だから援助をしていたのか。もしくはまた別の理由があって、依頼人の母子に支援をしていたのか。部外者に言いたくない事情でしたら、それはここで教えていただかなくても結構です。

俺は客観的な調査内容を依頼人に伝えるだけ。あとはあなたがた次第です。

ただ個人的には、事情がどうであれ彼に真実を話すべきだと思いますよ。俺は以前、それで手遅れになっちまったケースを見ていますからね。

おや、もうこんな時間か。俺はそろそろ失礼いたします。また会いましょう。

エピローグ

「ふむ、今回の出来もなかなかのものだな」

再就職のために書きあげた履歴書を見て、八房は満足げにうなずいた。

元警察官、しかも一応は管理職だったという肩書は意外と大きいものらしく、八房の履歴書は、最初の審査をクリアする率だけは非常に高い。

だが、そこから先の経緯は毎度芳しくはない。面接で落とされたり、採用されても即座に解雇を言い渡されたり。果ては職場そのものがつぶれたことすらある。

そのため八房は、履歴書を書くことにすっかり慣れてしまった。願わくば、求職のための履歴書を書くのは、これで最後にしたいものだが、はてさて。

「いやいや、今度こそ大丈夫。のはず」

嫌な予感を脳内から追い払うように、八房は力強く首を振りながらそう言って、がたついた机の引出しを開けた。

「むむっ、しまった。写真を切らしていたか。ついこの前、撮影したばかりなのに」

履歴書に貼る写真というものは、大概は一枚の印画紙に複数の肖像が撮影されているものであり、そうそうなくなるということはない。それをこうして短期間のうちに切らしてしまうという事実が、この男の尋常ではない現状を物語っていた。

八房はこの会社の社員募集を締切間際になって知ったため、今日中に郵便局に行って、履歴書を出さないと間に合わない。

「しょうがねえな。インスタントの証明写真を撮ってくるか」

少しでも心証を良くするためには、普段着のまま撮影というわけにゆかない。スーツに着替えて、きちんとネクタイをつけたほうがいい。

八房はクローゼット代わりに使っている押入れを開けて、突っ張り棒から一張羅のスーツをかけたハンガーを取りだした。

続いて全体的に黄ばんでいる数枚のワイシャツと穴の開いた靴下の中から、かろうじてマシと思えるものを選びだす。

「よし」

まずはズボンを穿こう。そう思い八房は穿いていたジャージの下を脱ぎ、すっかり膝の光ったスーツのズボンに足を通した。そして畳の上のワイシャツを取ろうと、体をかがめて手を伸ばしたところ、糸の千切れる音が尻のあたりから聞こえた。

「あわわ、いかん、これはいかんぞ」

八房はあわててズボンを脱いで、音のしたあたりを見た。臀部の縫い目のところから裂けて、見事な大穴が開いている。老朽化していた糸がいよいよ限界を迎えたらしい。

「さすがにこれを穿くわけにはゆかん。新しく買う金などないし、そもそも俺はおズボンを買うのがどうも苦手だ。服屋で直してもらうにしても時間がかかる」

しばし考えた末、八房は先ほど脱いだジャージの下を穿きなおし、上半身にワイシャツを着ると、その上にジャージの上を着て、ネクタイとスーツの上着は鞄に詰めた。

証明写真というものは、上半身さえきちんとした姿をしていればいいのである。証明写真の機械の中で、ネクタイを締め上着を羽織って、上半身だけ着替えればいいのだ。

上着とネクタイを詰めた鞄を肩にかけて、玄関に行き靴をつっかける。

生来服装に無頓着な八房も、刑事時代はそれなりに靴にはこだわりがあり、機能性に優れ見栄えの良いものを選んでいたが、今となってはその靴も「かろうじて靴底がついている」と形容するのがふさわしい代物に変わり果てている。

刑事たるもの靴は体の一部であるというのが、かつての八房の持論であったが、主人のくたびれ具合に正比例したみすぼらしい靴は、その持論をネガティブな意味で体現しているのが、なんとも皮肉と言えた。


安アパートを出て、そのまま歩くこと数分。八房は近所のコンビニエンスストアの駐車場に設置してある証明写真機の中へと入った。

さて、まずは上半身をスーツに着替えねばならぬ。八房はワイシャツの上に着ていたジャージの上を脱ぐと、ネクタイを締めて、スーツの上着を羽織った。

そしてなけなしのコインを投入して機械を作動させたところで、カーテンの外から伸びてきた手に腕をつかまれて、八房は証明写真機の外に引きだされた。

「ぎゃああ、なにをする。もう金を入れたんだぞ」

突然の狼藉を受けて、とっさに八房の口をついた言葉がそれだった。

「やあどうも、旦那」

弾正は八房の腕をつかみながらのんびりと言った。やはりというかなんというか、八房の腕をつかんで外へ引きずりだしたのは、この男であった。

無情にも無人の機械の中で、作動したカメラがフラッシュを光らせた。その光が呆然となっていた八房を我に返らせた。

「ああ、俺の金がパシャパシャッて。パシャパシャッて、ああ」

「まあ落ち着いてあたしの話を聞いてくださいな」

撮影が全部終わる前に証明写真機の中へ戻ろうとした八房を引き戻して、弾正は嬉しそうに告げた。

「このバカァ、手を離せ」

「はい」

前に行こうと必死に力を込めているところで、いきなり手を離されたため、勢いがついて前のめりに倒れた八房の頭上で、最後のシャッターが切れる乾いた音が聞こえた。

「いやあ、しかし凄くいいタイミングで旦那を見つけました。アパートに行っていたら無駄足を踏むところでした」

「た、たしかに凄いタイミングだよ。お前さ、俺が金を入れて機械を動かした直後を狙ったよね。絶対わざとだよね。わざと俺に意地悪してんだよね」

「なにを言っているんですか、旦那」

弾正は首をかしげた。

「それより仕事です。いつもみたいに来てもらえますか」

「うるせえ、それより写真代返せ、コノヤロー」

八房は弾正に飛びかかって、馬乗りになり首を絞めつけた。

「いや、ちょっと、旦那、チョークは洒落にならないって」

「うるせえ、俺の再就職を邪魔するやつはみんな死ね。よってたかって俺ばっか不幸にしやがって、俺が何をしたってんだ」

八房が絶叫した瞬間、何者かが八房の肩をつかんで弾正から引きはがすと、八房の関節を捻じり上げて押さえつけた。

「大丈夫ですか」

明らかに格闘技をやっているとわかる筋肉質のコンビニ店員が、アスファルト上に八房を押さえつけながら、心配そうに弾正にたずねた。

「ええ、まあ、いつものことです」

咽喉を押さえながら弾正が答えた。

「ちがうんだ、悪いのはこいつなんだ。私は再就職して嫁と縒りを戻したいだけなのに、こいつのせいで、そのための写真代がパアになった。しかもこいつは仕事と称して私を拉致しようとしているんだ。どうせその仕事先で、また殺人事件とか起きるんだろ。全部わかっているんだからな、コンチクショウ」

「ううむ、これは警察より病院ですかね」

上半身がスーツで下半身がジャージという珍妙な姿で喚き散らす八房の姿を、気味悪そうに見つめながら店員が弾正へ言った。

「ああ、一応この人は身内なんであたしが連れてゆきます」

「大変でしょうね。こういう人がお身内にいると」

「ええ、まあもう慣れましたよ。暴れないように縛って連れてゆきますので、ロープか何かありますか」

「ビニール紐なら店の中で売っていますよ」

「では買ってきますね。紐を切るハサミも欲しいな。あと口をふさぐためのガムテープも」

「ガ、ガムテープだと、テメエ、弾正、もう少し人権というものに配慮しろ」

八房の抗議を無視して、弾正はコンビニの中に入ると、ビニール紐とガムテープを買ってきて、店員に押さえつけられている八房をてきぱきと縛り上げ、仕上げに口にガムテープをしっかりと貼った。

「しかし旦那、この買いもの、必要経費で落ちますかねえ。ああそうだ、しゃべれないんでしたね。あたしが口ふさいだんだったよ。忘れてた」

そうつぶやいた弾正が、涙を流しながら身をくねらせる八房を重そうに肩に担いで、鍋島が運転席で待つ路上の乗用車へと歩きだしたのとほぼ同時に、証明写真の機械から、だれも写っていない写真の出来上がりを示すブザーが、空しく鳴り響くのだった。

本書は書き下ろしです。原稿枚数363枚（400字詰め）。

〈著者紹介〉
滝田務雄　1973年、福島県生まれ。日本大学芸術学部卒。2006年短編「田舎の刑事の趣味とお仕事」で、第3回ミステリーズ!新人賞を受賞してデビュー。『田舎の刑事の趣味とお仕事』『田舎の刑事の動物記』は板尾創路主演でドラマ化。その他の著書に『田舎の刑事の好敵手』『ワースト・インプレッション』『長弓戯画　うさ・かめ事件簿』『捕獲屋カメレオンの事件簿』『和気有町屋南部署』などがある。

ポンコツ探偵の名推理
2015年11月10日　第1刷発行

著　者　滝田務雄
発行者　見城 徹

発行所　株式会社 幻冬舎
〒151-0051 東京都渋谷区千駄ヶ谷4-9-7

電話:03(5411)6211(編集)
03(5411)6222(営業)
振替:00120-8-767643
印刷・製本所:株式会社 光邦

ISBN978-4-344-02854-8 C0093
幻冬舎ホームページアドレス　http://www.gentosha.co.jp/

この本に関するご意見・ご感想をメールでお寄せいただく場合は、
comment@gentosha.co.jpまで。